4
義妹生活
U0075202
三河ごーすと
插畫 Hiten
Kadokawa
Fantastic Novels

「剛剛和淺村同學一起走出教室的伯母，
就這樣和綾瀨同學會合了……
這是怎麼回事？」
淺村悠太
Yuta Asamura

「我們是兄妹。
雖然這種事不值得大肆吹噓就是了。」
當下那一瞬間，我不想告訴他。
然而，同時我也想起了亞季子小姐方才開心的表情。
否認似乎也不太好。
Keisuke Shinjo
新庄圭介

「截至目前為止，妳和多少人做過？」
「啊？」
我當下聽不懂她在講什麼……
做過、「做」過……
咦，該不會，是那個意思？
工藤英葉
Eiha Kudo
Shiori Yomiuri
讀賣栞

「呃，我不明白妳的意思——」
雖然明白，但是我不想明白。
「老師！怎麼能問初次見面的未成年少女這種事啊？」
Saki Ayase
綾瀨沙季

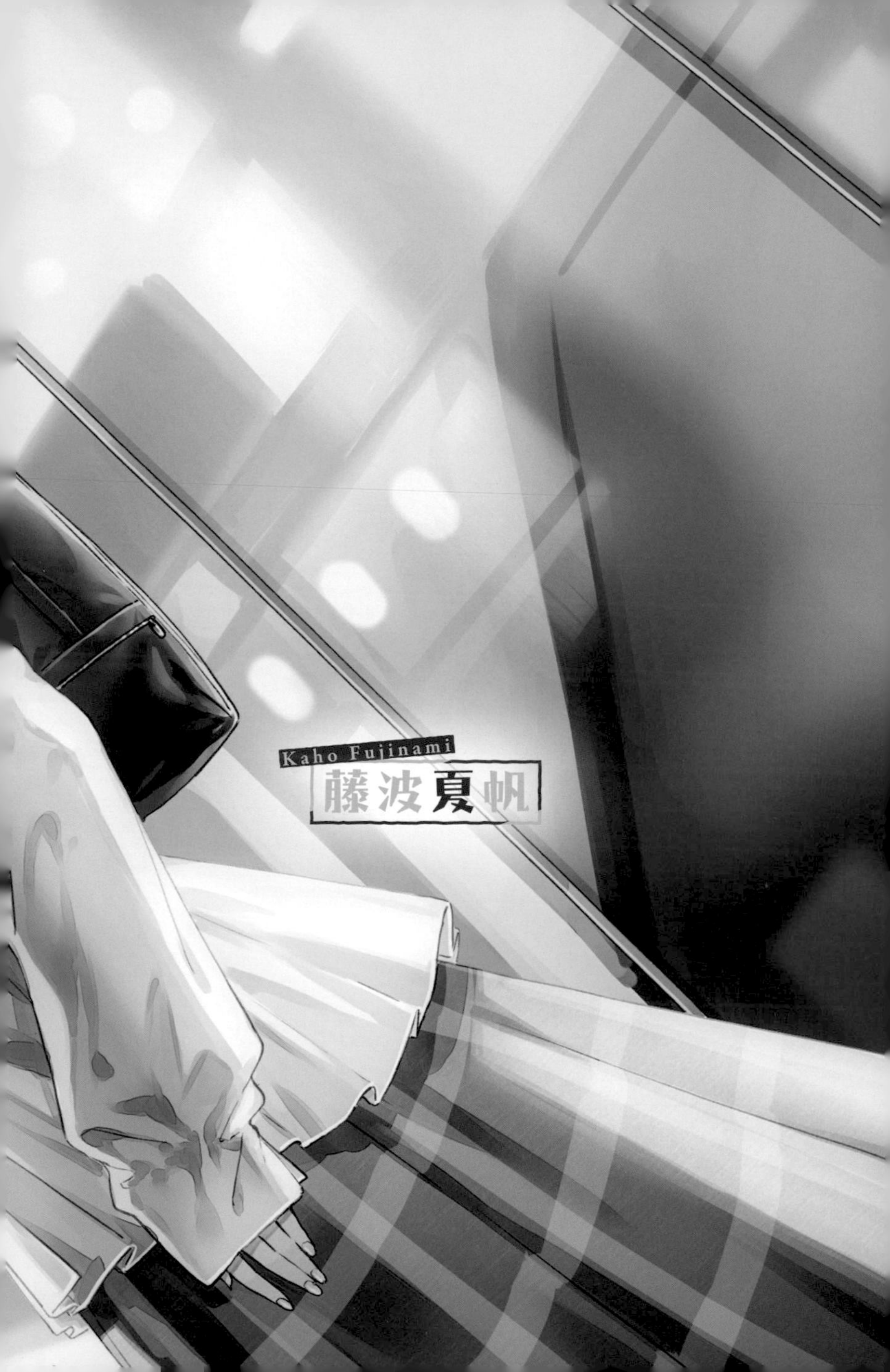
Kaho Fujinami
藤波夏帆

澀谷夜遊

某天的閒聊「關於出路」

出路調查除了「總之升學」以外，其實沒什麼選擇對吧。

特別是讀我們這種升學學校。

不過，可以當成重新思考將來的契機，不是嗎？

將來……雖然我打算自立，從事能養活自己的工作，
但是具體來說該怎麼做恐怕還想不到。

不行喔。如果拖拖拉拉，轉眼間就要變成大人嘍。

要這麼說的話，讀賣前輩離就業比較近吧。
妳已經想好具體的就業目標了嗎？

當然！

可以讓我參考一下嗎？

專業主婦！讓淺村小弟把我娶回家～

咦？

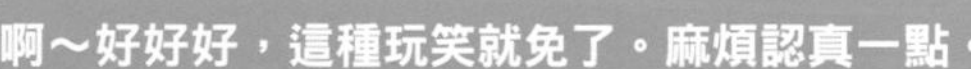

啊～好好好，這種玩笑就免了。麻煩認真一點。

嘖，真沒意思。那政治家好了。

居然說「好了」，要從政好像沒那麼簡單……

非常值得參考。人果然該有個靠得住的前輩呢。

喔，這句話表面上恭維卻巧妙地帶有諷刺意味。
藝術分很高！不錯耶！

讀賣前輩就當個搞笑藝人吧。

啊哈哈……

Kadokawa Fantastic Novels

Days with my Step Sister

Contents

沒有什麼命運的分歧。正因為遲早會相交才叫做命運。

序幕　淺村悠太

女生將一頭長髮剪短。

如果是戀愛小說，應該會成為一大事件；然而在現實裡，既不會引發騷動也不會令人驚訝。

因為天氣熱。因為很麻煩。轉換心情。

理由要多少有多少，想從女性剪髮看出心境上的重大轉變，說真的毫無意義。講得難聽一點，只是以小人之心度君子之腹。

不必過度驚慌，只要順其自然接受新髮型就好。

我，淺村悠太，也是一樣，將這件事看得稀鬆平常才是該有的反應吧。

先前，我從未有過義妹，在現實也是第一次聽到，所以我也不敢保證就是了。我甚至想問問全國有義妹的哥哥們有何看法。

說穿了，我根本沒想到，早已年過四十的老爸，居然會在應酬場合喝醉之後，遇上一個願意照料他的美麗女性並和對方再婚。

聽到他說要結婚時，最先閃過我腦海的不是祝福而是擔憂。

沒問題吧？

有沒有被人家騙啊？

他和我親生母親發展到離婚的經過，我在旁邊看得一清二楚；對我而言，女性根本是不能有所期待的存在。徹夜吵架，看著丈夫與兒子的冰冷目光，再加上外遇。沒到疏忽育兒的地步，算是不幸中的大幸。在這種糟糕環境長大的我，得知雙親要離婚時，鬆了口氣的感覺甚至比悲傷更為強烈。

我熟知的女性，只有親生母親。這人無視自己的所作所為，單方面將自身期待加諸老爸和我身上，一旦期待無法成真又會自顧自地感到失望——她就是這種惡質的存在。

或許就是因為這樣，不知不覺間，我再也不對他人有任何期待。

所以，聽到即將搬來同住的義妹這麼說的時候，我反倒鬆了口氣。

『我對你沒有任何期待，所以希望你也別對我有任何期待。』

這句話，對我來說是個無比誠實的人際關係提議。

不會對同居人有單方面的要求，也不會做出過度的退讓。提議「磨合」彼此的行動。

一個能夠平等相處的存在，對我來說求之不得。

綾瀨沙季就是個這樣的少女。

既然如此，應該能合得來吧——應該能成為老爸和亞季子小姐所期待那種感情很好的兄妹。

我當時這麼想。

不過，她和我有個很大的差異。

我懶得對抗他人帶來的龐大壓力，總是柳枝隨風擺，將這些事應付過去。人家的主張我會多少聽一點，不會刻意反抗。

但是，綾瀨同學和我不同。

她不願屈從世間的目光。

而且，她想成為一個堅強的人，堅強到足以壓倒那些將無聊成見加諸她身上的傢伙。

為了具備一個人也可以活下去的能力，她努力向學，考試成績名列前茅。而且她還表示，要將自己的外表打理到會讓人說漂亮的水準。

『我這副模樣就是種武裝嘍。』

耳朵裝備發亮的耳環，留著一頭顏色明亮的長髮，綾瀨同學一直在戰鬥。

一直在近處看著這樣的身影，不知不覺間，我對她有了很大的興趣與關注。

然後，在八月底。和義妹的共同生活過了約三個月時。

綾瀨同學剪了頭髮。

這件事本身應該沒什麼特殊含意。

畢竟女性剪髮帶有重大意義，都是戲劇或小說角色才有的虛構情節。

只不過從那天算起，這一個月以來。

有了個與先前不同的變化。

「我回來了，綾瀨同學。」

「你回來啦，淺村同學。」

——這樣交流的機會，幾乎完全消失。

季節逐漸步向秋天。

我打開自家的門，小聲宣告自己打工歸來。

輕聲走過只有淡淡夜燈照亮的走廊，踏入起居室。

空無一人。

身為上班族的老爸早就睡了，工作時間在深夜的亞季子小姐則是上班中。可能醒著的只剩下綾瀨同學，不過她大概是睡了或者在念書，沒有回應。

桌上擺著包了保鮮膜的晚餐。

「喔，漢堡排。」

貼在桌上的便條紙，寫著「微波過再吃」。

飯在飯鍋裡，味噌湯在湯鍋裡。然後，沙拉在冰箱裡。和往常一樣，最近我也習慣了，於是我將該加熱的東西熱過後坐到桌前。

「我開動了。」

一用筷子劃開漢堡排，裡面的起司便流了出來。

「喔，起司漢堡排！」

我輕聲讚嘆。

綾瀨同學的廚藝日益精進，對於漢堡排只吃過冷凍食品與家庭餐廳版本的我來說，費工製作的起司漢堡排根本就是魔法產物。不過嘛，綾瀨同學大概會和往常一樣說「沒花多少工夫」就是了。

我瞄向綾瀨同學房間的門。

照理說離期中考還早，不過最近我回來時，她好像總是在念書。一起吃飯的時間變少了。書店的打工雖然還在做，但是九月起的班表調整，讓我們在那邊碰面的機會也少了。

會不會是她刻意避開我呢？

我搖搖頭。

不可能有這種事。

見面時，她對待我的態度和之前一樣，何況上高中的兄妹也不會一天到晚待在一起吧。

理應還溫熱的漢堡排，感覺突然變涼了。

「——『哥哥』嗎……」

那天之後，綾瀨同學對我只用這個稱呼。

9月3日（星期四）　淺村悠太

放學後的班會時間。結束時，班導發下一張問卷。

「那麼，發給大家的問卷，記得在下週四之前交給班長。」

班導離開，在門關上的那一瞬間，教室議論紛紛。平常會抓起書包四散離開的班上同學們，沒人離席。

「喂喂，怎麼辦？」「你要寫什麼？」

能聽到這樣的聲音。

有人開始和周圍同學討論，有人瞪著眼前的問卷嘆息。

反應各式各樣，但是每個人都很認真。班導發的這張問卷，是要調查大家畢業之後的出路。

這個月下旬要舉行三方面談。換句話說，眼前的出路調查問卷就是面談資料，班導會拿這個當參考，和家長、我們面談。

「今年也到了這個季節啊……」

我晃了晃手中的紙，對坐在前面的好友丸友和說道。

「畢竟我們已經高二了嘛。今年的認真程度不一樣。但是，淺村啊。用這麼憂鬱的口吻，代表你也還沒想好出路是吧？」

丸回過頭，皺著眉回答。

「『你也』，這就表示……怪了？丸你也是？」

「那什麼出乎意料的表情啊？」

「呃，我還以為你打算踏上棒球之路。」

畢竟，我們學校的棒球隊相當強。而丸可是二年級就能在這種球隊當上正捕手的男人。在甲子園拿下優勝加入職業球隊……或許沒辦法，但是從丸對於棒球的態度看來，我覺得他應該會走上與棒球有關的路。

「是這樣沒錯呀？」

「咦？」

既然如此，為什麼像咬到苦蟲似的苦著一張臉啊？

「苦蟲嗎？很遺憾，我沒咬過。」

「我想世界上應該沒人咬過吧。」

不，既然它成了慣用句，說不定以前曾經有人咬過。

「淺村啊，進了棒球社，並不代表就能順理成章地拿棒球當工作，這種事你也明白吧？當然會煩惱啦。還有淺村，你有個誤解。」

「誤解什麼？」

「我並不是因為煩惱出路才苦著一張臉，是因為月底要開始三方面談。而且，要持續將近兩週。這麼一來，你覺得會怎樣？」

「問我會怎樣……」

我看向眼前的問卷。除了填寫出路志願的欄位之外，還有段簡單的通知。根據上面所述，三方面談期間似乎會縮短上課時間，中午過後就放學。

「好像會把下午的課拿掉，騰出面談的時間。」

「淺村，這就表示參與社團的時間會增加。」

聽到丸這句話，我就懂了。同時，也感到意外。對於棒球向來積極的丸，居然會討厭練習時間增加。

「怎麼可能討厭？如果能多練一點，我很歡迎。」

9月3日（星期四）　淺村悠太

「嗯嗯嗯？」

「但是，既然有三方面談，那麼面談中的社員理所當然就無法參加了吧？成員一旦出現空缺，就會有些訓練沒辦法做。換句話說，只能做些相較於往常來得簡單的練習。所以，隊上氣氛會比平時來得懶散。」

丸說，他喜歡練習，但是討厭效率差的練習。

這種言論和喜歡電玩遊戲的丸很相稱。該怎麼說，有種效率廚？的感覺。

「淺村，電玩遊戲的樂趣可不只是效率喔。」

「抱歉，我不該拿電玩舉例。」

我雙手合十擺出膜拜姿勢。專家會有專家的堅持。我可不想輕率地冒犯這種堅持惹火上身。

「話說回來，淺村你那邊還是你老爸來嗎？或者今年會換成母親？」

「咦？」

聽他這麼一說，我才想到自己已經不再只有老爸，還有母親。對啊，三方面談也可以請亞季子小姐來。可是……

「去年是我老爸來，我想今年應該也一樣。」

這麼回答丸的同時，我突然想起綾瀨同學。

綾瀨同學那邊，來的會是亞季子小姐嗎……？

到了九月，天空的顏色變得有些不一樣。

陽光雖然還是很烈，天空卻不像夏季藍得那麼清澈，看上去彷彿隔了一兩塊玻璃似的，有點朦朧。

我仰望自家公寓上方的天空，心不在焉地這麼想著。

把電梯叫下來的我，放慢了腳步。

一張問卷，讓我把注意力放到提著的書包裡。與其說是因為出路而煩惱，倒不如說是因為會不由自主地意識到新媽媽。老爸相當放任，從來沒有因為擔心我的出路而多嘴。

但是，亞季子小姐又如何呢？

打開家門後，我出聲告知屋內的人自己到家，並且走向起居室。

一如從玄關鞋子所預料到的，綾瀨同學和亞季子小姐正隔著餐桌談話。

亞季子小姐看來正準備上班。她已經化好妝，一副隨時能出門的樣子。

「你回來啦，哥哥。」

看見我走進屋內，綾瀨同學抬起頭說道。

「唔，我回來了，綾瀨同學。」

我這麼回答，同時希望她沒注意到我的些許遲疑。

她稱呼我「哥哥」已過了一個月。但是，我依舊不太想直接稱呼她「沙季」。

「妳們在聊什麼……喔。」

「哥哥也拿到了吧？出路調查。」

桌上擺著的，正是那張為了三方面談準備的問卷。看樣子，她們是在確認哪天能來。

「正好。」

亞季子小姐看著我說道。

「什麼正好？」

「悠太的三方面談該怎麼辦，我和太一也討論過。」

「我的？」

「嗯。其實啊……太一他呢，現在非常忙。」

據說，公司將一項重要企畫交給老爸，所以他現在好像連找個日子請半天假也很難。我完全不知道，因為老爸在家裡不太談公司的事。

即使如此，他似乎還是想勉強擠出時間。在半天假都請不了的狀況下，他居然想把工作排得更密。

難怪，最近總覺得他看起來很疲憊……

所以亞季子小姐看不下去，提議連我的三方面談也由她出席。

這下子丸所說的搞不好要成真了。那個傢伙，該不會有預知能力吧？我不禁這麼想。

玩笑暫且不提。

但是亞季子小姐來我的三方面談有個問題。

「你們在學校沒說彼此是兄妹吧？太一他說，不想給你們負擔。不過，我也是這麼想。」

為了避免碰到無謂的打探，我和綾瀨同學在學校沒公開兄妹關係。名字也已經安排好，可以維持舊姓到畢業。

然而，綾瀨同學的母親和我的母親是同一個人，這件事如果讓其他學生知道，我們

的兄妹關係就會曝光。儘管三方面談時教室附近沒多少學生，照理講不需要這麼介意，但是亞季子小姐似乎很在意這點。

「原來是這樣啊……」

「所以呢，我想過了。只要將你們三方面談的日期錯開，應該就行得通。」

「「咦？」」

我和綾瀨同學同時驚訝地出聲。

錯開日期就表示──

「該不會，妳打算特地跑兩趟學校？」

「因為，這樣比同一天趕場來得保險吧？」

亞季子小姐這麼說完，又問「如何？」徵求我的同意。

「可是，這樣沒問題嗎？」

「咦？」

「因為……工作忙的不止老爸對吧？酒吧的工作時間在晚上，真要說起來，光是白天去學校應該就很累了……」

亞季子小姐的工作，會從傍晚忙到深夜。

她要收拾善後與做好隔天料理的準備，之後才能回家，所以總是天亮才到家，白天通常在睡覺。雖說假日會配合家人的作息，不過基本上亞季子小姐是夜行性。

光是要她配合指定的時間在白天到學校，應該就夠辛苦了。

如果除了綾瀨同學之外，連我的面談也要出席，恐怕負擔不止兩倍。

何況假也得多請一天。

但是，對於我的擔憂，亞季子小姐只是微微一笑，一派輕鬆地說道：

「沒問題啦～」

「呃，可是……」

「啊——抱歉，悠太。我得出門了。」

可能是看見掛在牆上的時鐘吧，亞季子小姐慌慌張張地起身。她抓起擺在桌上的肩背包，奔向玄關。

我連忙跟在後面。

亞季子小姐將腳套進高跟鞋裡，輕敲一下後跟穿上，邊轉動門把邊看向我。

「這件事之後再談嘍，你先考慮一下。」

「啊，好。」

「我出門了！」

她這麼說完，隨即踩著高跟鞋衝出去，嘴裡還嚷嚷著：「要遲到了！」

「跑得那麼急不會出事吧？」

「是啊，希望她不要摔倒。」

「咦？妳也要出門？」

我一回過頭，便看見提著運動背包站在那裡的綾瀨同學。

「差不多到打工的時間了。」

「這樣啊……路上小心。」

「嗯。我出門了，哥哥。」

綾瀨同學的側臉掠過我的鼻尖。她腦後的髮絲輕輕晃動。

關門聲響起。

今天我沒有排班。和綾瀨同學共處那麼久的暑假打工生活，如今感覺好遙遠。

將書包扔進自己房間後，我回到起居室坐下。下意識地嘆息，連我自己也吃了一驚。我在搞什麼啊？為什麼會如此失望？

話雖如此，我卻也鬆了口氣。

哥哥。

每當綾瀨同學這麼喊我，就讓我感到一陣胸悶。

這種心情該怎麼稱呼呢？雖然我早已知曉答案。

9月3日（星期四）　淺村悠太

「好啦……剩下什麼呢？」

晚上。我提起已經生了根的腰，打開冰箱。

蔬果室裡有蔬菜，但是沒有肉或魚。

糟糕，應該先去買菜的。

進了九月後，我和綾瀨同學的班表不再有交集，家裡的炊事分擔也隨之改變。綾瀨同學打工歸來已經夠累了，我可沒有小白臉到會讓累壞的她下廚。

所以，晚飯變成我打工的時候由綾瀨同學做，綾瀨同學打工時則由我來做。

話是這麼說，但我做的還算不上什麼料理就是了。

沒勁的一聲「叮」傳來。我看向擺在桌上的手機。ＬＩＮＥ的通知。預覽的那一行字，在消失前一秒映入眼簾。來自老爸的訊息。他說要晚歸，所以會吃完飯才回家。

好像真的很忙呢……

嗯，既然如此，看來我只需要做兩人份的晚餐。

飯呢，亞季子小姐白天已經煮好了，還在飯鍋裡保溫。所以需要做配菜。

「那麼，總之先弄個味噌湯吧。」

從最費工最麻煩的著手，比較有效率。

綾瀨同學向來是從湯頭開始做，所以我也有樣學樣。鍋子裝水，把切成手掌大小的昆布丟進去，然後放置三十分鐘。

趁這段時間，決定要做什麼菜吧。

我又看了一次冰箱裡有什麼。

「大概……就只有雞蛋吧。這麼一來……」

各式各樣的雞蛋料理閃過腦海。雖然只是閃過，我不會做。技術跟不上。說到我會做的雞蛋料理——

「荷包蛋？」

或是白煮蛋。

算了，就荷包蛋吧。

我從冰箱拿出兩顆蛋，放在盤子上。自從某次直接放在桌上結果摔破後，我就學到將雞蛋放在平面上會有什麼危險了。

順便把蔬菜拿出來，切成一口的大小，放進可以微波的耐熱盒，灑點水包上保鮮膜。

先加熱個三分鐘看看狀況。時間不夠再追加就好。

紅蘿蔔太硬會難以下嚥，我用筷子戳了戳加以確認。只要筷子能夠順利戳進去就OK。

然後我將蔬菜拿出來盛到大盤子上，分裝可以之後再說。醬料等要吃的時候再淋就行了。

好啦，回頭弄味噌湯吧。我打開電磁爐的開關，開始加熱。

我從大得能遮住臉的袋子裡抓一把柴魚，丟進放了昆布煮到將近沸騰的鍋裡。

這麼一來就能吊高湯。

至於燉湯期間能做的……

「啊……忘了準備湯料耶。」

步驟出錯了。

不過，這種場合的應對方法，我早已學會。

9月3日（星期四）　淺村悠太

從冷凍庫裡拿出來的是——

冷凍蔥花～！

腦中響起類似某動畫藍色機器貓的聲音。據說一個人住就容易自言自語……不過目前只有在腦內播放，所以沒問題。這麼說來，綾瀨同學好像講過高中畢業後就要一個人住，這麼一來她會自言自語些什麼呢？

我從保鮮盒裡拿了一些綾瀨同學做好放著的冷凍蔥花。雖然既沒有豆腐也沒有豆皮，不過就弄得簡單一點吧。

「差不多了吧。」

我用網杓將鍋裡吊完湯的殘渣撈出。這下子高湯就完成了。

撒完蔥之後，再燉一下。接著調成小火加入味噌。放進味噌以後，要注意別讓湯沸騰。

關掉開關。味噌湯就此搞定。

最後是荷包蛋。

平底鍋拿著拿著，不知不覺已經滿頭大汗。

九月才剛開始，氣溫還很高，一用火就更熱了。於是我將冷氣調得強一點。

兩人份的荷包蛋完成。今天煎得不錯，直到最後都沒弄破蛋黃。

我將綾瀨同學的荷包蛋包上保鮮膜。

蒸蔬菜沙拉也如法炮製……

綾瀨同學應該快回來了，要等她也可以，但我現在想盡量避免和她碰面。保持距離比較好。這麼一來，我這份感情應該多少能冷靜一點。

就在拿起筆思考便條紙上該寫什麼時，我改變了主意。實際上，料理過程中我一直在想。

三方面談的事。

沒注意到老爸工作忙碌當然很丟臉，但是除此之外，為了我和綾瀨同學在學校能過得自在而加重亞季子小姐一個人的負擔，這樣說得過去嗎？

當然，這種事不能純粹由我決定。應該和綾瀨同學商量。

我沒像往常一樣窩回房間，決定等她回來。

只要盯著手機看就能無止盡地消磨時間，真不知道該算好事還是壞事。

我消化起囤著沒讀的電子書，就在邁入第二本時，家門開啟的聲音傳來。

輕輕一聲「我回來了」。是綾瀨同學。大概是考慮到我和老爸有可能已經就寢，所以壓低音量吧。不過嘛，老爸因為加班還沒回來就是了。

走進起居室的綾瀨同學，一臉驚訝。

「還沒吃？」

「嗯，還沒。妳也是等會兒才要吃吧？我說啊，要不要久違地一起吃晚飯？」

綾瀨同學點頭。

「正好。其實我有件事想和你商量。那個啊……」

我和綾瀨同學各自頓了一下，接著同時開口。

「「有關三方面談的事。」」

同時說完之後，我們不由自主地對看一眼。時機實在太精準，害得我們都笑了出來。

什麼嘛，綾瀨同學果然也很在意啊？

「邊吃邊說吧。」

Cést la Vie

「知道了。我先去放東西。」

趁著綾瀨同學換衣服，我把味噌湯和荷包蛋熱了一下，將晚飯打點好。

都坐到餐桌前說「我開動了」之後，我們才拿起筷子。

其實，這是我開始下廚之後最緊張的一刻。我忍不住盯著在意的對象看，直到她吃下第一口為止。

「嗯，好吃。」

吃著荷包蛋的綾瀨同學說道。

「這樣啊，那就好。」

「而且形狀很漂亮，煎得很熟練呢。只有這顆半熟，是特地為我弄的？」

「因為妳好像不太習慣吃全熟的。」

綾瀨同學和亞季子小姐是吃荷包蛋時撒胡椒鹽的人，我和老爸則是醬油派。知道彼此喜好有差異之後，調味方面我們一直是各自處理。餐桌中央就像家庭餐廳一樣擺著調味料架。所以，煎荷包蛋時，我們不會事先撒上鹽或胡椒。

調味的問題就此解決，但是口味的偏好其實還要更細膩一點。

觀察一陣子後，我注意到綾瀨同學比較喜歡蛋黃半熟的荷包蛋。如果是全熟，她就會配著湯一起吃。

於是我發現了。我和老爸是淋醬油，所以乾乾的蛋黃也吃得下去，但如果只撒胡椒鹽，全熟蛋黃就會把口中的水分都帶走。

「你真的看得很仔細耶……」

「這種觀察力沒能應用到冰箱裡面，實在是很丟臉。如果事先注意到裡面什麼都沒有，回家時我就會順道去一趟超市。最後只有姑且撒點蔥花而已。」

「啊，我忘了告訴你。」

「不，要怪我沒確認。我明明知道妳今天有打工的。」

「可是我……」

「不，該怪我——」

我們相視苦笑。

「算了。然後呢，有關三方面談的事。」

我切入正題。

「如果人家知道我們是兄妹會很麻煩——這種想法只考慮到我們。」

綾瀨同學點頭。

「我覺得，不該因此增加亞季子小姐的負擔。占用亞季子小姐兩天時間，會讓我覺得很愧疚。」

「我也覺得，這樣太自私了。」

「以我的角度來說，就算人家知道我和妳是兄妹也沒關係。然而，這件事不是我一個人的問題。」

綾瀨同學再次點頭。

「所以，我希望先和妳商量。」

「我也一樣，畢竟這種事不能由我一個人決定。可是我也知道，媽媽以前曾經忙到差點弄壞身體。」

居然有這種事……

「那麼，就更該為她著想了。我也不希望老爸和亞季子小姐勉強自己。」

「嗯，那就決定嘍。」

綾瀨同學這麼說，這一次換我點頭。我再次體會到，我們兩個的思考模式果然有些共通之處。

「如果老爸很忙來不了要由亞季子小姐出席，那就讓我們的三方面談時間配合她吧。這樣的話，亞季子小姐只需要來學校一次就好。」

「贊成。而且——」

綾瀨同學輕聲說道。

「——不止因為這樣很辛苦。從別的層面來說，我也希望媽媽能出席我和哥哥兩個人的三方面談。」

她的音量很小，也不知是要說給我聽，還是下意識地脫口而出。

「那麼，我去和媽媽說喔。」

「如果覺得我也在場比較好，隨時告訴我。」

「知道了。」

談完時，我們也吃完晚飯了。

綾瀨同學拿起餐具準備起身，我連忙制止。

「妳打工應該很累了，讓我來。」

「那就兩個人一起清理吧。」

她微笑著說道。

感覺上，也好久沒有兩人一起站在流理台清洗碗盤了。

9月3日（星期四）　淺村悠太

我們一邊閒聊一邊洗著兩人份餐具。一來量少用不到洗碗機，二來不知怎地我就是想這麼做。或者，綾瀨同學也是？

聊著在學校發生的事，聊著最近看的書，聊著在網路上找到什麼影片，轉眼間碗盤就已洗好。

綾瀨同學仔細地洗完最後一個盤子，隨即窩回自己房間。幸福時光無比短暫，只有一小匙的分量。

「不過，這樣就好。」

畢竟在這個世界上，有因為小事就鬧翻的兄弟，也有因為小事疏遠的姊妹。能夠兩個人一起做家事，毫無疑問已經值得高興。應該就此滿足。我硬是這麼說服自己。

各自有小孩的老爸和亞季子小姐在決定結婚時，應該也有考慮到我們的事吧。像是「多愁善感的高中生突然和同齡異性一起住會不會排斥」之類的。

老爸與亞季子小姐，應該會希望我們和睦相處。

我不想違背他們的心願。所以，必須壓抑這份心意……必須把它埋藏心底。

因為綾瀨同學是沒有血緣的妹妹——義妹。

9月3日（星期四）　綾瀨沙季

放學鐘聲響起。

我抓起書包準備離開教室。

「沙季！」

有個聲音讓我停下腳步。只有停步，我頭也不回地嘆了口氣。

一來不用回頭我也知道出聲的是誰，二來我知道一回頭就會被對方拖住。

雖然知道……算了，沒辦法。

「怎樣？」

「真是的！無視別人實在不可取喔！」

「沒有無視吧？我有停下來。所以，有什麼事？」

「喔，真性急耶～別慌別慌。所以才說現在的年輕人啊，總是急得像趕投胎一樣！」

儘管擺出一副「真拿妳沒轍」的態度，然而邊說這種話邊走過來的真綾本人，也是個活在現代的高中女生。

真綾——奈良坂真綾，幾乎可說是我唯一的朋友。

我故意誇張地嘆了口氣。

「唉。所以說，怎樣？」

真綾背後跟著幾個班上的同學。對於不感興趣的同班同學，我不會特地去記他們的長相和名字，但就算是這樣的我，也認得出其中幾個。因為暑假我和他們一起去過泳池。

把真綾算在內，男女合計差不多七個人，其中一個男生開了口。

「接下來大家要去唱卡拉ＯＫ，怎麼樣？」

這人是誰啊？

我看向真綾，她對我晃了晃手裡看似票券的紙張。

「因為弄到折價券了嘛～」

原來如此。

「呃……」

「對卡拉ＯＫ沒興趣？」

若是以前的我，大概會乾脆地用一句「對啊」拒絕。

可是……

我看向真綾後面那些人，注意到他們的表情很不安，卻也能感受到他們對我有些許期待。

「謝謝你們的邀約，不過今天家裡有事，我必須盡快回去，所以抱歉嘍。」

居然說得出這種客套話，連我自己都吃了一驚。說話時甚至面帶笑容。

即使如此，我依舊不想破壞那段愉快的夏日回憶。我並不想惹人厭，也不想讓他人不快。

「那我先走了。」

我輕輕點頭，抱起書包離開教室。

背後傳來同班同學們的無奈話音，像是「什麼事這麼急啊？」還有「真可惜啊，新庄。」啊，原來如此，是新庄。的確是這個姓沒錯。雖然我不記得他的名字。

我快步穿過走廊，走到鞋櫃旁換鞋。今天必須盡快回家。

——要趕在媽媽上班之前。

就算是平日下午四點多，澀谷的大馬路依舊很擁擠。

人行道上熙來攘往的人群，不斷妨礙急著趕回家的我。

雖然害得我神經緊繃，卻也無可奈何。更何況，我很清楚要快速通過澀谷中心區域根本不可能。母親一直在澀谷工作，所以對我來說，這裡的街道就跟自家庭院沒兩樣。

我離開大馬路，踏上住宅區的小徑。到了這裡，總算可以小跑步了。

彎過轉角，就能看見聳立的自家公寓。

沒錯，那裡已經是我們——我和媽媽的家了。

「總覺得……很不可思議。」

直到五月為止，我還走在不同的路上。

六月初我和媽媽一起搬進那棟公寓，所以剛剛經過的這段通學路，我只走了大約四個月。區區四個月。小路還認不得，途中能繞去的店家也沒弄清楚。

明明同樣在澀谷。明明愈是靠近學校，熟悉的招牌與店家就愈多。

儘管如此，我身邊卻有了很大的變化。就像公寓附近這片還沒見慣的景色。

總覺得以前一切都更為單純。

過去，我對於自己身處的環境相當絕望，所以想要改變這種狀況。我尊敬在鬧區販酒店家工作以養育我的媽媽，也為了對那些非難媽媽的人還以顏色而拚命努力。周圍的人是用怎樣的眼神看待媽媽，我已經切身感受到；我也明白，想要回敬這些人，只靠念書還不夠。

我走過公寓一樓的入口。輸入密碼之後，自動門開啟，我從管理員室前通過，走向電梯。

啊，忘記看信箱。算了，之後再說吧。

抵達三樓。快到了。由於心急，我已經上氣不接下氣，滿身大汗的也不舒服。制服衣袖貼在手臂上的感觸真是糟透了。我邊想著「打工前有時間淋浴嗎？」邊將鑰匙插進門內。

「我回來了——」

出聲後我才注意到。媽媽的外出鞋還放在門口。

走進起居室，便看見化好妝隨時能出門上班的媽媽。

「回來啦。」

「還有時間嗎？」

「嗯。已經聯絡過了，不用那麼急也沒關係喔。」

「什麼嘛……」

說著我就一屁股坐到椅子上。在殘暑烈陽下趕回家的疲憊迅速現形。呼～～～趕上了～～～

沒錯，我之所以急著趕回家，原因在於有重要的事和媽媽商量。

關於三方面談的事。

上午發下三方面談的出路調查表後，我立刻用ＬＩＮＥ將內容傳給媽媽，這是為了讓忙碌的她調整行程。之後，我利用下課時間傳訊息和媽媽溝通，原本以為這樣就完畢，最後媽媽卻說「有重要的事想談一談」。

我看了有點焦慮，所以急急忙忙趕回家，不過看見眼前的媽媽還是老樣子悠哉之後，我在想，是不是也沒那麼嚴重啊？

「不用勉強當面說啊，明明用ＬＩＮＥ就好了。」

「媽媽是老派的人嘛。文字不太容易傳達細微的部分，會讓人不安對吧～」

「啊，嗯……原來如此？」

大致上能理解。

媽媽確實有這種傾向。當調酒師備受好評，也就代表她比較擅長面對面談話。因此，她不像我們這些社群網路世代，只用文字交流可能會有點不安。

「知道了，我會好好聽。不過先等一下。」

我奔回自己房間丟下書包，抓起打工時帶出門的運動背包，回到起居室。

「準備好嘍。重要的事是什麼？」

「呃……」

媽媽罕見地欲言又止，似乎有點難以啟齒。

「妳和悠太在學校怎麼樣？」

心臟猛然跳了一下。

「怎麼樣……是指？」

「妳啊，最近在家裡，不是都喊悠太『哥哥』嗎？」

「是這樣沒錯。」

「我想問，你們在學校是怎麼樣。」

咦……

儘管心臟跳得更快，但我有自信沒把心思寫在臉上。因為我擅長擺出撲克臉。

「這——我們連班級都不一樣啊。」

所以說穿了連面都見不到。

只不過因為周圍傳出奇怪的謠言會為彼此帶來麻煩，所以就算在學校見了面，我恐怕還是不會喊「哥哥」……不實際見面也不曉得會怎麼樣。

我這麼告訴媽媽。

其中也有謊言。

因為就在隔壁班，體育課時兩班的女生會一起上，兩班的男生也會一起上。既然上課時間一樣，代表有同時用到操場或體育館的機會，一個不小心也有可能迎面碰上。

或者該說，早就碰上了。雖然我已經盡量避免。

「所以說，沒什麼特別的改變。」

「沒有改變，也就代表學校的大家還不知道你們是兄妹嘍？」

「我想應該是。畢竟沒有特別宣揚。」

真綾知道就是了。

「那就麻煩了呢。」

「麻煩？不是要討論我的三方面談嗎？」

「這個啊，其實太一他呢，最近很忙。」

「這樣啊。」

根據媽媽的說法，如果要參加三方面談，繼父似乎就得勉強自己。媽媽不想讓他太累，打算出席兩人份。在這種情況下，如果我和淺村同學的面談調整到同一天，她只需要請一天假，比較方便。

「畢竟我們那裡是家小酒吧，不方便休息太多天對吧？」

媽媽工作的地方，人員只有店長、媽媽，還有一個不怎麼露面的店員。所以，她希望盡量別讓店空著。原因在於這裡。

「不過，安排在同一天有可能讓其他人知道。這樣你們會很尷尬對吧？」

會讓大家知道……我是淺村同學的義妹。

那就——不過。

這樣真的會「尷尬」嗎？因為，我和淺村同學是兄妹。

我們必須是兄妹。

「不過啊，這個其實根本不重要就是了。」

「咦？」

我不由得抬起頭，打量媽媽的臉。

「只是，總覺得他還沒認可我這個媽媽，這會讓人有點難過對吧？」

我在心中「啊」了一聲。

這樣啊。原來是這麼一回事。我和淺村同學不想讓別人知道我們的母親是同一個人，也就表示……

為什麼我只考慮到自己呢？

媽媽眉毛微垂，顯得有些困擾，但臉上依舊掛著微笑，儘管她絕對不會將辛勞寫在臉上……媽媽很努力地想成為淺村同學心目中的「好母親」。

我不希望她在這方面感到自卑。既然如此——

「媽媽，我……」我開了口，話語卻卡在咽喉深處。

開門聲響起，淺村同學的聲音傳來。

起居室的門隨之敞開。

淺村同學走了進來，話語機械性地自喉中溢出。

「你回來啦，哥哥。」

「我回來了，綾瀨同學。」

稍微頓了一下之後，淺村同學一如往常地稱呼我「綾瀨同學」。他對我的稱呼沒有變。嗯，畢竟會聽到人家稱呼兄長為「哥哥」，卻難得見到有人對自己的妹妹喊「妹妹」，維持原狀也沒什麼不可思議的就是了。

不過，「綾瀨」對於淺村同學來說，是外人的姓。

「妳們在聊什麼……？」

淺村同學來回打量媽媽和我的臉之後，注意到桌上的問卷。

「喔。」

「哥哥也拿到了吧？出路調查。」

「正好。」

媽媽看著淺村同學說道。

「什麼正好？」

「悠太的三方面談該怎麼辦，我和太一也討論過。」

然後，媽媽將剛才和我說過的話對淺村同學又說了一遍。媽媽要怎麼說服淺村同學呢？我在旁邊聽，沒有插嘴。

然而，媽媽對淺村同學說的是——

「所以呢，我想過了。只要將你們三方面談的日期錯開，應該就行得通。」

「「咦？」」

我不由得出聲。

儘管媽媽講得很乾脆，簡直像是一開始就有這個打算。

畢竟這麼一來，媽媽會很累吧？

我這種心情，淺村同學似乎也有同感。

「工作忙的不止老爸對吧？酒吧的工作時間在晚上，真要說起來，光是白天去學校應該就很累了……」

對，就是這樣。淺村同學說的一點也沒錯。

儘管如此，媽媽仍舊微微一笑，以輕鬆的口吻表示沒問題。然後她說自己得出門了，抓起包包就離開。

「跑得那麼急不會出事吧？」

「是啊，希望她不要摔倒。」

怎麼辦？

為什麼媽媽沒有像一開始告訴我的那樣，說希望排在同一天呢？

我的腦袋一片混亂。

此刻，我不能待在這裡。要是不釐清思緒，我會依賴淺村同學，會沒辦法維持撲克臉。

我倉促下抓起自己的運動背包。

「咦？綾瀨同學也要出門？」

回過頭看我的淺村同學說道。

「差不多到打工的時間了。」

「這樣啊……路上小心。」

「嗯。我出門了，哥哥。」

我的應答已經是全自動了。幸好這種稱呼已經成為習慣，話語會自然而然脫口而出。

儘管如此，媽媽的臉依舊在腦海裡揮之不去。淺村同學回來之前，她明明還一臉難受，剛剛卻完全感受不到那種氣息。

她很擅長裝出撲克臉。

我想，媽媽是不想讓淺村同學擔心。可能在不知不覺間，她已經看出我們不想被

人家知道是兄妹。於是，她放棄把我們的三方面談安排在同一天。這麼做，大概是正解吧。

即使到了打工的書店開始工作，我依舊在想這些事。

該怎麼辦才好呢？怎麼做才是正解呢？

「欸，店員小姐。」

整理書架時聽到人家出聲叫我，於是我回過頭。一位推著嬰兒車的媽媽，抱著大本的育兒雜誌。

「是的，請問有什麼問題嗎？」

「請問這本雜誌的前一期還有剩嗎？我漏買了。」

月刊雜誌在下一期進貨之前，要把賣剩的退回去。

「很抱歉……那個，需要試著幫您調貨嗎？」

在剛發售的此刻，通路商或出版社那邊可能還有貨。儘管不敢保證，我依舊這麼回答。

「不用了，沒關係。只是有篇想看的報導而已。謝謝妳嘍，小姐。」

「啊，哪裡。」

「那麼，我就買這本啦。」

說著，她便抱著當期雜誌要往收銀台移動。我連忙說了聲「我來拿」，並且接過雜誌領著她走向收銀台。畢竟她推著嬰兒車又抱著大本雜誌，看起來很費力。

結完帳之後，這位媽媽向我一鞠躬，隨即離店。我則是回去工作。

我整理好方才的思緒，做出結論。我終究不想讓媽媽就這樣難過下去。

回去之後，和淺村同學好好商量一下吧。

一旦下定決心，原先懸在心頭的東西便消失得無影無蹤。為了整理對他那股曖昧不明的感情，我近來盡可能和他保持距離，感覺很久沒和他好好談一談了。

打工完回到家。我靜靜開門，小聲說「我回來了」。夜色已深，淺村同學想必回臥室了吧。他的房間，就在通往起居室的那扇門之前。我敲敲房門。

沒有回應。睡著了嗎？還是正在洗澡呢？我邊猜測邊走進起居室。

淺村同學就在這裡。

看起來沒動過的晚餐還擺在桌上。

我疑惑地開口，淺村同學則邀我一起吃。儘管不曉得他是基於怎樣的心情說出這種話，不過對我來說正好。畢竟我有事想找他商量。

「「有關三方面談的事。」」

我們異口同聲說道。

該不會，我們都在想同一件事吧？不過，這也讓我鬆了口氣。

於是我和淺村同學邊吃晚飯邊談……

淺村同學提起三方面談，內容和我煩惱了一整天的問題幾乎完全一樣。

「我覺得，不該因此增加亞季子小姐的負擔。」

太詐了、太奸詐了啦，淺村同學。

——我原本已經想抹消自己的心意，卻因為這種小事而動搖了。

他有考量到媽媽的辛勞，讓我好開心。

「——不止因為這樣很辛苦。從別的層面來說，我也希望媽媽能出席我和哥哥兩個人的三方面談。」

畢竟，媽媽是那麼努力地想成為淺村同學的媽媽。

我們有了共識，就算兄妹關係在學校曝光也無妨。

這是我們兩人的共同宣言。

9月3日（星期四）　綾瀨沙季

9月4日（星期五） 淺村悠太

早起的兩個男人一坐到桌前吃早餐，老爸就開了口。

「我和亞季子一起想過了。」

「一起？」

我一邊替老爸盛飯，一邊疑惑地歪頭。怪了。這對作息差異很大的夫妻，是在哪裡、怎麼樣「一起」的？

一聽之下才曉得，連用手機和我互傳簡訊都有困難的老爸，居然是和亞季子小姐用LINE談的，他也變了不少呢。

這些事先擺一邊。

「我還是請個假吧。悠太的三方面談由我出席。目前公司處於緊要關頭沒錯，但也不該讓亞季子一個人扛。」

「不，老爸。關於這件事啊……」

基於昨晚和綾瀨同學討論的內容，我告訴老爸，我和她會把面談日排在一起，亞季子小姐只需要請一天假就好。

所以老爸不需要請假。

「咦，真的可以嗎？」

我點點頭。

「這是我和綾瀨同學討論的結果，不是隨便說說的。一來我們不想讓老爸你們奔波，二來我們是兄妹這件事一直瞞著大家也不自然。」

老爸聽到這句話時，露出我記憶中從來沒見過的欣喜表情。

「這麼做，亞季子一定也比較高興。」

於是，老爸將他和亞季子小姐談的那些一點一點地告訴我。他說，亞季子小姐希望扮演好「我的母親」這個角色。

年紀還小的時候姑且不論，我都十七歲了，雖然能夠將「父親再婚」一事看成老爸有了個老婆，卻不會想成自己多了個新媽媽。

老爸和亞季子小姐似乎也感受到了，於是老爸一句「可是啊」接著說下去。

——即使如此，亞季子小姐依舊想當個母親，理由不是要成為我的保護者。

9月4日（星期五）　淺村悠太

「亞季子她希望我們成為一家人，而且應該做得到才對。要不然，就白費和我結婚所建立的『緣分』。」

緣分……嗎。

這麼一說我就懂了。亞季子小姐並不是因為扛起了非保護我不可的角色，才想成為我的母親。

儘管從立場來說，我們是繼母與繼子，但是重點不在這裡，在於她珍惜老爸、自己、綾瀨同學、我四人共享的這些時間與空間。

「所以，亞季子如果知道悠太你將她當成家人，應該會很開心喔。」

這讓我有點罪惡感。

因為我根本沒考慮這麼多。

「早安，爸爸、哥哥。」

綾瀨同學走進起居室。

「啊，早安，沙季。」

「綾瀨同學，早飯怎麼樣？」

她起得比較晚，保險起見才有此一問。綾瀨同學平常都比我早出門，所以她有可能不吃。

「啊，抱歉，讓你準備了。剩下的我來就好。」

「不，我們也是剛起床。坐著就好。來，味噌湯……還有白飯和筷子。」

「抱……謝謝你，哥哥。」

「不客氣。不過，妳起得還真晚呢，睡過頭啦？」

儘管可能性不高，我還是問了；綾瀨同學則是邊坐下邊翻轉手機，將螢幕朝向我。

這是要我看的意思吧？

「……ＬＩＮＥ？」

「媽媽說，她大概再兩小時就回來。然後，關於昨天的後續……」

啊，我懂了。

綾瀨同學的意思是，她傳訊息將昨天和我談的內容告訴亞季子小姐了。大概是早上收到回訊吧，之後好像又互傳了幾次訊息，所以她才會這麼晚露面。

「媽媽她很高興。」

「對吧？」

老爸開心地說著，我的胸口再度感受到些許痛楚。

9月4日（星期五）　淺村悠太

「還有，三方面談的日期。媽媽提了個意見。」

「她認為哪天比較好？」

老爸大概是保險起見，開口問道。

「不強求就是了。9月25日。」

「25日……星期五啊。」

我確認月曆後說道。

「不行嗎……」

「不，沒這回事。如果那天亞季子小姐比較方便，希望日期我就寫25日吧。還有，綾瀨同學──」

為了讓我和綾瀨同學的三方面談日期排在同一天，需要在事前對兩邊班導都說明理由──媽媽沒辦法請太多假，希望盡可能安排在這一天。兩邊的班導都知道我和綾瀨同學是兄妹。

「對喔，哥哥說的沒錯。」

「如果是同班，只要我去說一聲就行了。」

「放心，我也做得到。」

綾瀨同學一邊吃飯，一邊表示包在她身上。不久之前的她好像還不太會處理這種事，現在感覺不太一樣了呢。

接著，她吃完早飯、洗完碗盤，然後依舊在平常的時間上學。

再來是老爸去上班，最後我也出門了。

上學途中，天空一片蔚藍，風感覺已經沒有昨天那麼熱。

亞季子小姐希望大家能成為一家人。綾瀨同學已經稱呼老爸為「爸爸」，我是否像她那樣稱呼亞季子小姐為「媽媽」比較好呢？重點不在於承認對方是媽媽，而是要成為一家人。

綾瀨同學會不會就是因為這樣才喊我「哥哥」呢？

校門出現在眼前，我決定暫且放下腦中的思緒。

9月4日（星期五）　淺村悠太

還剩五分鐘。

預備鈴聲響起，丸也在同時拉開後門走進來。

有晨練的人，總是在快上課的時候才抵達教室，不止棒球社的丸如此。運動社團的人三三兩兩地走進來。丸在我前面的座位坐下後，似乎想起什麼，側身看向我。

「喂，淺村。我想到一件事。」

「嗯？」

「到頭來，你暑假還是和奈良坂他們去泳池了對吧。」

「咦……嗯。是這樣沒錯。」

「我還聽到你和綾瀨之間氣氛不錯的傳聞喔。」

「氣氛不錯是——」

「當然，傳聞只是傳聞。不過，看見現在的綾瀨之後，倒也難以否定，會讓人覺得搞不好真有此事呢。」

什麼叫「真有此事」啊？

「所以說，你和綾瀨實際上到底怎麼樣啊？」

他這一問，讓我有點尷尬。

所以我沒有立刻反駁，而是做出「反問他為什麼突然問這個」這種不知如何回應時常有的舉動。

「你難道不覺得，『逼朋友分享戀愛話題』才是扮演戀愛遊戲友人角色時應有的態度嗎？」

「我覺得該把現實和幻想分清楚。」

「嗯。老實說，這個傳聞我也是剛剛才聽說的。說穿了毫無根據。」

這也就是說，我和……呃，綾瀨同學之間氣氛不錯這件事，已經在棒球社內流傳了嗎？

為什麼呢？我意識到自己對於綾瀨同學的感情，是暑假在泳池的時候；認為非得想辦法拋開這段感情不可，也是在那個時候。因為，綾瀨同學是我的妹妹，人家也期待我們維持這樣的關係。

我想要忘記、拋開這份心意。可是不知道為什麼，周圍的人抓著那段夏日回憶不放，彷彿看穿了我的感情。

我一邊煩惱該怎麼辦，一邊為了準備上課而打開書包，此時突然看見那張要交回的問卷。於是我想到了。

綾瀨同學和我，不是已經商量好了嗎？

——就算兄妹關係在學校曝光也無妨。

「那個啊……」

即使如此，我依舊壓低了音量。這不是什麼需要讓無關人士知道的話題。

丸把身子湊過來。音量壓低，應該已經讓他注意到這件事有點難以啟齒了吧。不愧是我的好友。

「其實，我和綾瀨同學的關係是——」

我以此開頭，向他坦白老爸再婚，以及和綾瀨同學成為無血緣兄妹的事。我告訴丸，我已經放棄隱瞞，但也不希望人家到處宣傳，是因為相信你才告訴你，丸聽了之後說「那當然」。

「我可不是會把這種敏感話題到處宣傳的人。」

「謝啦。」

「不過，這麼一來很多事都說得通了。」

「嗯？什麼事？」

丸一副恍然大悟的模樣。

「你之前突然問起綾瀨實在太出人意料，嚇了我一跳；在那之後，你也顯得對綾瀨念念不忘，沒錯吧？」

「念念不忘……我說啊。」

「嗯，用詞不太恰當。不過，那時我相當擔心你。」

六月時，還聽得到綾瀨同學有些不好的傳聞。儘管她外表顯眼的理由在於那是她的武裝，不過既然被人家看見她走在夜晚的澀谷街頭，會傳出謠言倒也不是不能理解。所以，丸才會擔心我。

「誤會啦。」

「看樣子的確是誤會。抱歉，是我的錯。這下子我懂了。還有，關於綾瀨的部分也是。這樣等於是我在說你妹妹壞話，抱歉。」

「唉，你當時不曉得嘛，這也是難免啦。」

「那時候我還以為你迷上她了。」

這句話讓我的心跳瞬間加快。我能感受到自己的手心冒汗。

迷上她……喜歡上她……喜歡。

既然是兄妹，有好感也沒什麼好奇怪的……就是了。

「沒這回……」

「嗯，抱歉。問這些沒意義。不過我放心了。要是你真的喜歡上人家，和那些傢伙競爭大概也沒什麼勝算吧。我不想看見好友受傷。」

「那些傢伙？」

「你不知道嗎？開學之後，人家都說綾瀨變了。」

待人變得和善，那些以前將綾瀨同學當成不良少女保持距離的男生，似乎都對她另眼相看了。由於她不再是孤高的存在，因此向她搭話、試圖接近她的男生變多了。

理所當然地，包含某些條件很好的男生。

「我實在不覺得自己的好友能夠勝出……不過既然是哥哥，代表從一開始就不會參加這場競爭對吧？」

「哪有什麼參加不參加的？」

「很好很好。」

丸自顧自地得出結論。

我看著丸，陷入沉思。正如丸所說的，既然是兄妹就和什麼勝算無關。

丸說，有些條件很好的男生接近綾瀨同學。只有創作裡的哥哥，才會刻意阻止害蟲接近妹妹吧。她已經十七歲，這種事該自己判斷，哥哥介入就成了多管閒事。無論是親哥哥或者沒有血緣的哥哥都是一樣。

沒錯，我該平靜以對。

——有男生接近綾瀨同學又怎樣？與我無關不是嗎？

班導走進教室，上午的班會時間開始。

班會結束時，班導說，能交出問卷和面談日期的人就交上來。我按照和綾瀨同學討論後的結果，在交出問卷後，以其他學生聽不到的音量告訴班導——家中有些狀況，忙碌的母親只有這天能夠請假，希望和綾瀨同學排在同一天。

「這樣啊。所以說你那邊——來的人會是媽媽？」

「是的。」

簡短對答後，我回到座位。

放學後。

今天是去書店打工的日子。

班會結束，我立刻抓起書包。就在我把室內鞋放進鞋櫃的時候，某個喧鬧的集團接近。

聽到耳熟的聲音讓我轉過頭去，發現奈良坂同學就在正中央。換句話說，那些人是隔壁班的。奈良坂同學一如往常，在朋友的圍繞下開心地笑著。她不動聲色地引導話題，避免有任何人落單。

綾瀨同學也在。

她緩步而行，和集團若即若離，偶爾回應一下拋來的話題。

看見她笑著與人交談，我連忙抓起鞋子躲到鞋櫃後面。就這樣避開她的目光，走出樓梯口。

要是她看見我還得費心應付，實在不太好意思——我這麼說服自己。

她在笑。

第一次看見她像那樣對同學展露笑容。我心想，真是太好了。畢竟之前她似乎遭到孤立。

就和丸說的一樣。

綾瀨同學變了。以前她堅持不肯向人求助，讓人覺得她擺架子；然而，其實是因為她不知道該怎麼做，只好選擇不和別人扯上關係。

她已經明白，自立不代表要和別人斷絕往來。

看見變得和善的綾瀨同學與我不認識的人一同歡笑，不知為何讓我覺得心情很複雜。

9月4日（星期五）　淺村悠太

當我騎自行車抵達車站附近的停車場時，天空已經染成茜草紅。

太陽下山得真快。時間已是九月，接下來白晝將一天天地變短。

我進入辦公室換好衣服之後，便往賣場移動。

好啦，今天的第一件工作應該是整理書架吧？我從收銀台前走過，一邊和站在櫃台裡的店長打招呼一邊走向賣場。

由內而外巡過擺文庫本的書架。

大多數書店，都是按照出版社排而非按照作者排。而即使是同一家出版社，也會將不同書系放到不同書架。

而在同一個書系裡，往往會按照作者名第一個字的羅馬拼音順序排列。

舉例來說，這個叫做「ＭＦ文庫Ｊ」的書系，書背上方會標示「MI—10—16」之類的神祕數字。

意思是——這個書系裡有許多以「MI」開頭的作家，這本書是其中第十個出書作家的第十六本書。

排書時則要按照這個標示，將散落各處的書重新排好。

我今天是晚班。這個時段，新書上架與庫存調整已經結束。留給新書的空間看樣子也清出來了，只需要把書排好。

將客人隨便塞回架上的書拿出來放回正確位置——一直做這種無趣單調的事，感覺腦袋漸漸變得一片空白。彷彿要踏入所謂頓悟的境界——

「啊，後輩。你來得正好。」

回頭一看，就和我猜的一樣。某位留著一頭烏黑長髮的和風美女，抱著一疊文庫本站在那裡。貼在制服上的名牌根本看都不用看。

正是打工前輩讀賣栞。

「怎麼啦～？看你露出那種微妙的表情。」

「啊，不。剛剛差點進入頓悟的境界，所以……」

「賢者時間啊。」

「那個詞的意思，是不是不太一樣啊？」

「喔？那你說說它正確的意思是什麼。」

「拜託別像個大叔一樣纏上來。我要控告妳性騷擾喔。」

「居然？男女平等真是美好啊。」

這是感動的時候嗎？

「唉呀呀，那種事不重要啦，後輩。一個抱著重物的美少女就在你面前，不是還有些別的話該說嗎～？」

「啊，抱歉，我這就接手。」

讀賣前輩懷裡那疊文庫本，是要補的書。

銷售點管理系統的引進，使得店家每賣出一本書都能立刻知道是否還有庫存。恐怖之處在於，昭和年代的書店似乎靠記憶來管理。當然，用紙的年代同樣有進貨紀錄，盤點時依舊能確定店內商品還有多少庫存就是了。

實際上的問題在於，平時管理都要靠記憶。

現在只要確認一下資料庫就能搞定。

從讀賣前輩那裡接手的大量文庫本，正好就是要補上我眼前的輕小說空位。

而且仔細一看，還是一部已經出了不少本的系列作，作者是某位經歷多次作品動畫化且近來跨足許多方面的作家。

「這部作品，為什麼最近賣得這麼好啊？雖然它的確很有趣就是了。」

「意思是後輩你也看過對吧？」

「對啊。咦？」

我翻找記憶。

「喔，動畫開播啦。」

「對對。ＰＯＰ廣告也做好了，而且平台上放了很多喔。」

我順著前輩手指的方向看過去。

文庫書架末端最顯眼處有個平台，她拿來的這疊書和平台上亮出封面的一樣。暢銷書不會單純擺在只看得見書背的架上，還會像那樣拿出來平放。

成堆書本旁，有張手寫標語的宣傳卡。

「那個ＰＯＰ廣告啊，是我做的喔～」

「原來是這樣。」

「上面寫著：『超～賺人熱淚的名作。我也流了一碗公的淚！』」

「妳這樣寫，不會因為廣告不實挨罵嗎？」

不過嘛，畢竟是讀賣前輩，想必又是在開玩笑吧。待會兒去確認一下。等等，冒出去確認的念頭，不就表示我已經被她要著玩了嗎？

「咦？這也就是說……」

這時候，我才注意到某件大事。

剛開播，加上現在是九月，換句話說是秋季動畫。換言之，從現在起到十二月的三個月，正是這部作品熱賣的時候……

我拿起一本前輩搬來要補的書。

和我想的一樣，文庫本上有條寫了「動畫開播」的新書腰。大概是出版社配合動畫再版時做的吧。然後呢，書腰上還有下個月新書發售的通知。

「要出新書啊……」

「後輩，你好像很疲憊耶。」

聽到前輩這句話，我「咦？」地看向她。

「這是什麼意思？」

「也就是說，你看起來很沒精神。」

「我有好好吃飯啊。」

「不是這個意思啦。三個月內有沒有喜歡的作品要出新書，以前的你向來是一清二楚吧？」

小說和漫畫如果快的話，差不多會提前三個月告知。換句話說，身為書店店員（有可能）做得到這種事。

「……是啊。」

「最近你沒什麼精神呢，後輩。」

「沒這回——」

「不行不行，我看得一清二楚喔。你對一直期待的系列作新書失去興趣，算得上一件大事吧？」

「是這樣嗎？的確是這樣。」

一點也沒錯。

若是以前的我，根本不可能忘記喜歡的系列作新書發售日。

「你最近排班很少和沙季排在一起，我在想，你是不是覺得很寂寞，呵呵～」

讀賣前輩露出詭異的笑容。

「前輩，妳得小心一點，這種笑容會讓妳失去人望喔。」

「唉呀，把煩惱告訴姊姊我吧。來來來，敞開你的心，撲向姊姊懷裡。」

「就說了真的不是啦。真要說起來，我們是兄妹耶，怎麼可能會那樣啊？」

「『那樣』是怎樣啊？」

「像是寂寞。沒有和妹妹一起工作會覺得寂寞之類的。沒那回事啦。」

「我沒有哥哥所以無法判斷就是了。唉，你說的或許沒錯，但是沙季和你沒有血緣關係吧？」

「就算沒有血緣也是妹妹。」

這句話一出口，我自己都覺得難以為繼。

「反應這麼普通真無聊～」

「拿無聊不無聊來判斷沒什麼意義吧。」

「嗯。那麼，看後輩你這麼沒精神，我就講個你應該會想聽的情報吧——」

讀賣前輩豎起一根手指說道。

「我們學校要舉辦校園開放日，來參觀吧！」

「妳說『校園開放日』，是那個吧？為了讓有興趣進入大學和專校就讀的人了解學校……」

「沒錯沒錯。被眾多可愛的女大學生包圍，一定能讓你打起精神的。」

確實，如果被讀賣前輩這種水準的美女包圍，會興奮的男生應該不少。

我曾經見過這位前輩和一群疑似大學熟人的女性交談，印象中，那群女生都相當漂亮。

不過，這項提議有個致命性的問題。

「前輩，你們是女校吧。」

「對啊？」

「身為男性的我，沒辦法參加妳們的校園開放日吧。」

「居然？男女平等上哪兒去了！」

時代可沒有先進到男生也能走一般管道進女校就讀。

我知道讀賣前輩擔心我，但是此刻的我無法用笑容回應她。就連我自己也不懂為什麼會沮喪到這種地步，我明明沒有沮喪的理由。

下班後我直接回家，沒有去別處晃。

到家之後，我看見餐桌上有晚飯和字條。昨天久違地一起吃飯，今天卻只有留字條。看樣子，綾瀨同學果然不打算離開臥室。

她應該沒有刻意避開我吧……

沒能和綾瀨同學碰面，讓我有點遺憾；這下子，我今天對讀賣前輩講的那些話都成了謊言。

我在內心深處吶喊。

這也沒辦法吧？

畢竟我和綾瀨同學不是真正的兄妹。

9月4日（星期五） 綾瀨沙季

宣告第四節下課的鐘聲想起，教室內的氣氛頓時鬆懈下來。

「吃飯啦～！」

我看向大喊的少女，聳了聳肩。

為什麼她每天都這麼有精神呢？

算了，也罷。

「便當、便當。」

還發出那種像是小跳步的聲音……咦？真的小跳步？等待她——奈良坂真綾接近的我，發現她後面還有好幾個班上同學。

「那麼，綾瀨同學，我要去餐廳了，可以用我的桌子喔。」

「謝謝。」

坐我旁邊的的女生抓起錢包走出教室。目送她離去後，我把她的桌子和自己的併在一起。

然後從書包拿出便當。

「沙季抱歉，今天有很多人喔～」

「沒關係啦。」

真綾搖晃著便當走來，我是替她確保桌子。不過，真綾後面的男男女女，加起來有個四、五人。他們的桌子該怎麼辦呢？

就在我不知該怎麼辦的時候，他們已經主動找上周圍的人確保桌子了。

班上同學有一半會去餐廳或社辦吃飯。只要別擅自拿人家的桌子來用，不至於造成什麼麻煩。雖然我不會勤快到為了和別人一起吃便當而去做那些麻煩事。

儘管如此，我依舊沒有將「嫌麻煩」露骨地寫在臉上，這是因為我在暑假時和其中幾個人一起去泳池玩過，剩下的最近也能聊上幾句。

轉眼間，桌子已經併好。

我開動了。

「今天的配菜是什麼呀～」

「喂，真綾。為什麼妳要看我的便當？」

「喔！煎蛋捲！」

「還有為什麼妳會自然地伸出筷子？」

「分我一半！一半就好！」

「真是的。」

我用筷子把煎蛋捲平分，其中一塊放進真綾的便當盒。大概是回禮吧，她將炸雞扔進我的便當盒。

「以回禮來說會不會太大啦？」

「沒關係沒關係。啊，由美美的鮭魚看起來也很好吃耶。」

「拿奈良坂家祕傳的炸雞來交換就可以喔～」

「交易成立！」

這樣啊，原來炸雞是奈良坂家祕傳。我試著咬了一口真綾扔來的炸雞。麵衣酥脆爽口，雞肉柔嫩多汁。幾乎都是瘦肉，應該不是雞腿而是雞胸吧。

「好吃……」

「對吧對吧～！奈良坂同學家的炸雞真的是天才！」

「不要稱讚炸雞是天才啦。」

真綾一本正經地回答，周圍的人都笑了出來。我也跟著笑了。

「真綾。這個是不是炸了兩次？」

「嗯？」

「啊，嘴裡有東西時就別回答了。之後再說之後再說。」

「嗯。」

真綾含著炸雞點頭。真拿她沒辦法。周圍的人見狀又笑了。

原本我認為，交些麻煩的朋友是浪費時間，而且我不需要真綾以外的朋友……

現在，我是有意識地想要建立新關係。

大家邊吃邊聊。老實說，他們的對話我聽不太懂，或者該說沒什麼興趣。話雖如此，不過配合著裝出一副聽得很開心的模樣之後，心情自然而然地也變得愉快起來了。

人類的心理，意外地很單純。

這種心理效果，是否也有個名字呢？

「我說啊，各位——」

聽到這句要所有人將注意力轉過去的話語，我抬起頭。

「這個月，要不要再一起去哪裡玩？」

說話的人……是誰啊？呃……

「喔，這主意不錯耶，新庄。要去哪裡？什麼時候？」

「像是卡拉ＯＫ之類的。就選在星期日，可以配合大家行程的日子。」

啊，對喔，是新庄。

他的提議得到周圍附和。

像是「不錯耶」、「卡拉ＯＫ啊，好久沒去了」之類的。

「沙季怎麼樣？」

真綾邀我同行，我猶豫了。該怎麼辦？如果是以前，我就會用念書或打工當理由推掉。

「呃……」

「有打工？還是要念書？」

真綾搶先一步開口。

「打工的話，27日應該沒有排班吧。沒打工的日子要念書就是了……」

「喔。畢竟沙季都會預習複習嘛。嗯～該怎麼辦才好呢？」

「這樣啊，那麼，讀書會如何？」

不知為何，新庄同學說話時看著我。

「啊～要在哪裡集合？」

「圖書館？」

「啊，既然如此，我家怎麼樣？」

真綾說道。

一陣騷動。這也難免，參與對話的成員多達……六人？不過，其實我知道。要是地點在真綾家的起居室，就算是這個人數應該也沒問題。

真綾說，當天她的父母會帶弟弟們出去玩。她握拳模仿貓，嚷嚷著「來喵～」要我也去。倘若要建立新關係，偶爾參加這樣的聚會可能比較好……

如果多和淺村同學以外的人交流，或許就能抹消對他那股不該有的感情。

回家後，我著手準備晚餐和明天的早餐。

對了。我從冰箱的保鮮室拿出雞肉。做炸雞吧。明天早上可以吃，多的也能放進便當。我想起中午吃到的真綾家炸雞。那應該是先用低溫炸過再用高溫多炸一次。平常因為時間寶貴所以不會這麼做，今天就挑戰看看吧。還好，今天沒有打工。

9月4日（星期五）　綾瀨沙季

晚餐我弄的是煎竹莢魚，還有茄子油豆腐味噌湯。最後再滴一點麻油，試著讓味道有些變化。

就在我做飯時，繼父回來了。一回到家，繼父就打開了浴室的熱水開關，利用燒熱水的時間和我一起吃晚餐。

「喔，今天這個味噌湯不太一樣耶。」

「味道會很怪嗎？」

「不，很好喝。悠太應該也會喜歡。」

突然聽到這句話，我只能努力不讓情緒出現在臉上。

「那……就好。」

「亞季子做飯時偶爾也會加點麻油，味道很棒。這是綾瀨家的祕訣嗎？」

「……算是吧。」

滴麻油讓味道有些變化這招，是媽媽教我的嗎？

義父洗完澡就回臥室了。

我炸完炸雞，在桌上貼了張便條紙，留給打工歸來的淺村同學。

回房間之後，我決定預習明天要上的內容。

我戴上耳機隔絕外界，聽著輕搖鼓膜的低傳真嘻哈，打開教科書和筆記本。

明天的數學課，老師會按照座號順序點人回答，所以我被點到的可能性很大。先解出問題的答案比較好。

解答教科書例題的同時，我腦中閃過週日的事，暑假去泳池的回憶隨之浮現。

如果真想和他保持距離，或許別做晚飯也別留字條才是正解。就在這個瞬間，我自己也覺得，這樣與其說是「保持距離」，不如說是以「斷絕往來」為目標比較精確。而我不想做到這種地步……

我不是想遠離他。並不是。因為，這樣一定比是陌生人的時候還要難受。

之所以會這麼想，是基於身為一家人的禮儀？是單純覺得不需要毀掉彼此之間的互助關係？還是——

這就是我最後的不捨嗎？我自己也不清楚。

書上的題目，我連一題都沒解開。

9月24日（星期四） 淺村悠太

不知是因為秋季的涼意，還是因為減少與綾瀨同學交談的日常索然無味，九月轉眼間就已過去，當我注意到時，已經是三方面談的前一天了。

「只是假設一下——」

午休時間。我戳著便當裡的配菜，用會被教室內喧囂淹沒的音量詢問丸。

「假設我失戀了。」

「嗯？」

丸抬起頭。

「而且我非得把這份感情忘掉不可，該怎麼做才好？」

「推論時條件訂得模糊不清，可是得不到正確答案的，淺村。」

「唔，抱歉。」

「算了，沒差。那麼，這也是假設……那個女孩是平常就見得到的身邊人？還是網路另一邊的存在？在我看來，兩者遺忘的難度會有所不同。」

啊，原來如此。

和對方的距離，是嗎？

「身邊吧。要假設的話。」

正在吃便當的丸抬起頭，瞄了我一眼。接著他把注意力移回便當，將筷子插進去，夾起一口撒了海苔的白飯。這一筷子夾起的飯量約有我的一點五倍，不愧是運動社團的先發選手。

丸咀嚼了一會兒，又喝了口茶。

「試著多和幾個女生來往——你看怎麼樣？戀愛這種東西，說穿了要下定義也很難啊。雖然說，可能碰上了什麼令你心動的情境……」

戀愛……聽到這個詞，我瞬間僵住。我微微側頭催丸說下去，同時暗自希望他沒發現我的異狀。

「不過，這種熊熊燃起的愛火，或許也是錯覺。如果遇上其他好女人，搞不好會輕而易舉地轉向喔。」

「會這麼簡單就轉向嗎……不，可是啊，真要說起來，能夠輕易邂逅許多女性的環

境，有這麼好找？」

「淺村……你在看哪裡啊？聽好，光是教室裡就有二十個女生喔。就算是同班同學之外的關係，周遭一樣是要多少有多少吧？」

要多少有多少。

「不過，你只是把『世界上有一半人口是女性，所以不缺邂逅機會』這種老生常談換個講法吧？」

「但這是事實。到頭來，會不會有新的邂逅，都要看當事人怎麼想。」

「其他女性……嗎……」

我陷入沉思。

「存在」以及「與那位女性建立比陌生人更進一步的關係」，兩者之間似乎有條鴻溝。

然而，這是來自友人的寶貴諭示。應該認真看待。

要看當事人怎麼想嗎？

換句話說，丸是這個意思。

平常，我們不會將外人當成與自己有關連的人物。外人就是外人。綾瀨同學也一樣，要不是她媽媽與老爸結婚，我大概只會將她當成隔壁班一個外表有點顯眼的女生。即使某些偶然讓我們相識，頂多就是在走廊上擦身而過時會打聲招呼的程度。

如今她在巧合之下成為我的義妹，為了維持同居生活，我有必要了解對方，於是往來得比較深入，進而有了多認識她的機會，導致感情有所動搖。

既然如此，我只要努力去認識周圍的女性就好。

深入了解之後，或許會碰上比綾瀨同學更能令我動搖的女性……

「說是這麼說啦。」

「如果覺得對象很難找，從距離比較近的人開始應該也行。挑攻略情報比較多的地方下手是基本原則。」

「哪來的原則？」

「一般來說都是這樣。」

哪個領域的一般來說啊？

不過，有道理。距離比較近的外人啊，以我的情況來說就是……

『唉呀，把煩惱告訴姊姊我吧。來來來，敞開你的心，撲向姊姊懷裡。』

腦中自然而然浮現的那張臉，是打工地點的女大學生，讀賣前輩。

或許，是因為前陣子她說了些奇妙的話。像是「什麼都能找我商量」之類的。

「除了女性之外，挑戰些平常不會做的新鮮事，也能轉移注意力吧？」

丸對沉思中的我說道。

「別太在意啦。」

「也對。等等，都是假設喔。」

「嗯，是啊。畢竟說了是假設嘛。」

丸蓋上便當盒。

「那我走啦。」

說完他就走出教室。他的便當分量感覺有我的兩倍，卻比我先吃完，而且吃完之後居然還要練球。不會搞壞肚子吧？

我嘆口氣，繼續吃剩下的便當。

今天和昨天一樣有打工。

把自行車停好之後，我有種「已經是秋天了呢」的感覺。即使全力飆車過來，也不會像八月那樣滿身大汗。

一進店裡，副店長便向我搭話。

「淺村小弟！今天麻煩你站收銀台。」

「我知道了。」

我乖乖站進收銀台，應付接連上門的客人。

站收銀台其實要留心很多事。

書的價格只要掃過條碼就讀得到，不需要自己輸入金額。

那麼，收銀台的工作有比以前少嗎？並沒有。舉例來說，店員必須配合書的尺寸準備書套，配合顧客購買量提供袋子。這些部分和以前沒兩樣。

如果帶著小孩、隨身物品多的顧客拿錢時手忙腳亂，店員最好用笑容讓對方冷靜下來；找錢放到托盤上時，疊在一起會讓顧客看不清楚，所以零錢分散擺讓金額一目了然也很重要。

近年結帳方式多樣化，也讓收銀台業務變得繁雜，除了現金之外，還多出各種卡片以及手機App。必須將這些方式全部牢記並加以應對，所以排斥結帳的店員增加也是順理成章。附帶一提，「順理成章」是「原來如此，照道理來說確實該這樣呢」的意思，偶爾會在小說裡看見。我很喜歡這個詞的發音，所以忍不住就想用，但是日常生活不太常用到——

「行啦，差不多可以休息嘍。」

「咦？啊，好。」

人家一喊，我才回過神來。人類這個系統設計得真好，即使業務很複雜，習慣之後身體依舊能反射性地應對。不知不覺間，我的心思已經飄到別處去了。

連我都佩服自己。

也因為這樣，中午煩惱的事雖然沒有解決，心情卻已經平靜下來，變得比較正面積極了。

就和丸說的一樣。為了轉換心情，或許需要挑戰一些新的事物。然後呢，若要問什麼人有可能曉得我想不到的新事物……

「你有空嗎，後輩？」

「啊，讀賣前輩。是，有什麼事嗎？」

前輩把手放在背後，從下方打量我的臉。

「今天打工結束之後啊，要不要一起去玩？」

「去玩嗎？」

「我想讓你見識一些你不知道的新遊戲。」

「求之不得！」

「回答得真快。哇，後輩，你本來有這麼大膽嗎？」

「啊，呃，我正好想挑戰一些新事物。會給妳添麻煩嗎？」

「不會不會。嗯，這樣也好。而且，年輕人有挑戰精神值得嘉獎。」

「感激不盡。」

讀賣前輩的邀約，這是第二次了。

上次是電影。能夠靠晚場這招趕上差點錯過的電影，都是多虧了讀賣前輩。

大學生和高中生果然不一樣。

不愧是前輩。

她似乎已經發現我有煩惱了。

「那就決定啦。」

「不過，妳說去玩，是打算去哪裡啊？打工結束之後，可就沒什麼時間嘍。」

「哼哼哼，就讓我帶你去成年人的世界見識一下吧。」

讀賣前輩說完便回頭工作，之後擦身而過好幾次，她都只是微微一笑，不肯說打算做什麼。

沒見識過的成人遊戲……是指……

「這就是……成人的世界……」

嗎？

「對於社會人士來說，這是必修課喔～」

「昭和時代的大叔嗎？」

「相信姊姊我吧。」

這人究竟有幾分是認真的啊？

我沒好氣地瞪了讀賣前輩一眼，然後仰頭打量眼前的建築。入口上方那塊招牌寫著「虛擬高爾夫」，和撞球、射飛鏢等確實很像成人娛樂的項目擺在一起。

「我想練習高爾夫！」

「妳的嗜好果然和大叔沒兩樣。」

「唔，真沒禮貌。」

「也就是說，我們要走進這棟建築，玩那個叫『虛擬高爾夫』的東西是嗎？」

「進來就知道啦～」

前輩一馬當先，我默默跟在後面。

隨著她搭電梯上樓之後，如我所料，是以前聽人家說過的室內高爾夫設施。

「你是第一次對吧，後輩。」

「來玩是第一次。喜歡體感遊戲的朋友說有玩過，所以我聽他講過這是怎樣的地方。」

場地分成好幾個小隔間，裡面是高爾夫球場。

藍天之下是遼闊的綠草地，遠方則有和緩的山稜曲線。

當然，都是投影在螢幕上的影像。畢竟這裡位於澀谷的建築物內。

「身在大自然之中的感覺很好對吧？啊，好漂亮的綠色。」

「感覺和電視上播的環境影像沒兩樣耶。」

「後輩！」

讀賣前輩出聲斥責我。

「你不夠浪漫！詩情畫意一點，不要像個乾枯的大叔，你是個年輕人！」

「喔。」

就算妳這麼說也沒用啊。

「看見美麗的大自然，難道你毫無感覺嗎？姊姊我好傷心啊。」

「非常抱歉。」

「在大自然的圍繞下，拿起球桿用力一揮，小白球就會像被天空吸進去一樣飛得又高又遠。感覺神清氣爽！實在太舒暢了！」

「喔？是這樣嗎？」

「就是這樣就是這樣。所以疲憊的大叔們才會偷偷溜去打高爾夫呀。」

果然是大叔的娛樂嘛。

「別廢話了，好啦，時間寶貴。」

她將店內的球桿塞進我手裡。

不過，我還是第一次拿高爾夫球桿。真要說起來，這東西到底該怎麼握？像球棒那樣就行了嗎？

讀賣前輩的手指按在我的手指上，幫助我握好球桿。她的指甲真漂亮⋯⋯

「嗯～像這樣吧。好啦，試著握握看。」

「原來如此。」

先用當支點的左手握住球桿，右手再放上去，略微蓋住左手拇指。以讀賣前輩的流派來說，這樣似乎就行了。球桿的握法好像還有很多種，不過讀賣前輩說「之後你自己查」。

總之今天是入門篇，先照她說的做就行了吧。

「你看，肩膀太用力嘍。」

前輩按住我的雙肩，然後用力往下壓，把上翹的肩膀壓到低於水平線。確實，手一旦用力過度，肩膀就會自然上揚。

「沒錯沒錯。就像這樣，然後把擺好的球打向那面螢幕。」

剛才還講什麼身在大自然之中，現在又改口講螢幕，可能她教得太認真所以沒多想吧，但是這樣好嗎？

「這麼小一顆球，初學者打得中嗎？」

「一開始應該打不中吧？唉呀，打著打著就習慣了，沒問題的。」

說著，前輩就退到安全區。和拿球棒空揮時一樣，在周圍有人的情況下揮桿很危險，所以我先確認背後沒人才試著揮桿。

劃破空氣的聲音響起，球桿出乎意料地重，我差點被球桿拖著走。

結果連球的邊緣都沒擦到……

「揮空了呢～」

「出乎意料地……難耶。」

「沒這回事喔～借我一下。」

我把球桿交給讀賣前輩。球自動歸位。前輩握住球桿，空揮了幾下，然後站到球前猛力一揮。

清脆的啪一聲響起，這一桿揮個正著。

同一時間，畫面中的球彈開地上的球座，飛向天空。追蹤飛行軌跡的那條線，形成漂亮的拋物線。接著「Nice Shot!」的字樣跳出來，小白球則是在草地上滾了一陣子後停住。

畫面上顯示飛行距離。

「咻～飛得真遠啊。嗯～好、爽。」

說著，前輩舉起高爾夫球桿，擺出像是舉槍瞄準的姿勢。

「那是怎樣啊？」

「老電影裡看得到喔。唉呀～真會飛。」

看前輩高興的樣子，大概是打出了相當不錯的數字吧，雖然我無法理解數字的含意。

「就像這樣。很簡單吧？」

「雖然看起來一點也不簡單，但是還在人類能力所及範圍內。」

接下來，我和前輩輪流上場，每打十球就換人。

一開始，我不是空揮就是打歪，不過可能是讀賣前輩教得好吧，一陣子之後，我已經能和前輩一樣讓球往前飛了。

「你很有潛力耶。」

習慣之後，有種在打擊練習場揮棒把球打出去的暢快感。

確實很爽。雖然我沒有一次像前輩那樣顯示「Nice Shot!」。

她為什麼能打得這麼好啊？

其實她真的是個大叔？

「前輩，妳常常練習打高爾夫嗎？」

「嗯?嗯~這個嘛，偶爾啦。」

「這樣啊。」

「覺得意外？」

該怎麼說呢，確實這人外表是個有一頭烏黑長髮的和風美女，不過我早就知道她內在是個大叔。

「與其說意外……不如說能夠理解吧。」

「這話是什麼意思啊～？」

「因為在我心中，前輩妳的定位就是『前輩』。」

「現在我可以肯定，應該針對我的性別和你好好談一談。」

「如果妳能說服我在深夜帶著高中生打高爾夫是女大學生的常態，要我悔改也可以。」

這人確實很漂亮、很有趣，聊起來很愉快。

如果能和她在一起，想必會有段幸福的時光。

我雖然不曾加入社團，不過和社團的學長姊交流大概就是這種感覺吧。

跟著她到處亂跑一定很開心。

「後輩。」

「嗯？」

「心情有沒有好一點呀？」

前輩輕笑著說道。

這個時候我才明白，讀賣前輩是因為發現我在煩惱，才邀我出來解悶。

「有。很有意思。」

「嗯，很好很好。」

讀賣前輩拍拍我的肩膀。

啊——

這種感覺真好。

我喜歡這樣的人。

這種想法明明是發自心底。

我聽到某人低語。

和那個夏天、那個瞬間，我所體會到的那種感覺——見到雙手交叉向上伸展的她後，讓我想要放聲吶喊的那種感情——有所不同。

揮桿揮了差不多一小時以後，手臂差不多也痠了。

空揮次數增加，球也飛不了多遠，於是我們自然而然地準備回家。

一來快要凌晨了，二來明天還有三方面談。

「離開之前，我先去上個洗手間。」

「那麼，我負責收拾器材。」

「麻煩了。」

我把用完的器材收好，等待前輩歸來。

相當愉快。

我在感受雙臂倦怠的同時這麼想。

有陰角自覺的我，一向只把高爾夫當成光明世界的娛樂，不過這種模擬運動遊戲倒是讓我很感興趣。

或許就和丸說的一樣。挑戰一些平常不會做的事，出乎意料地是種很有效的解悶方法。

就在我邊等邊思考這些時，某個踏進店內的人物引起我的注意。

一個女生。

雖然髮型、服裝都不算顯眼，卻有個引人注目的特徵。

身高，她長得相當高。

「怪了……那個女生，我好像在哪裡見過。」

我翻找記憶，這才想起她是誰。

暑期班坐在隔壁的女生。這也就是說，她應該和我一樣是高中二年級吧。

沒見到其他像同伴的人，看樣子她是一個人來。

都這麼晚了，一個人來打高爾夫？

她環顧四周，似乎在找打球的地方。正好我和讀賣前輩用過的隔間空著，所以她直接往我的方向走來。

要從我面前通過時，她總算發現我了。

「你……」

「真巧。晚安。」

我點頭致意。

「晚安。呃，上次見面是暑假對吧。」

「是啊。」

「……那個，你現在還有去那間補習班嗎？」

「有，雖然只有六日。」

這點小事應該算不上洩漏個資吧。何況我們就是在補習班認識的。

「這樣啊。其實，後來我也都有去。」

我吃了一驚。

因為開學後我就沒見過她了。

我這麼告訴她之後，她點點頭，表示自己和我相反，只有六日沒上課。她說，因為六日教室人很多，人擠人很痛苦，所以她基本上都是待在那間補習班的自習室。

「自習室？」

「對，有開放給大家使用。對我來說比圖書館方便。」

「這樣啊……啊，我的名字叫淺村悠太。」

「我是藤波夏帆。summer加上sail的那個夏帆。」

「sale？」

「只要說『不是賣東西的sale，而是船上要撐起來的那個sail』，通常就能讓人連漢字一併記住。」

「喔，船帆的意思啊。」

「看，已經記住了吧？」

她微微一笑。

「的確。」

如果聽到人家自我介紹說「我是藤波summer sail」，記不住還比較難吧。雖然穿著打扮不算顯眼，但是她好像很擅長與別人交流。

她彎下腰，很有禮貌地說「請多指教」。

我連忙用同樣的方式回禮。

經過這麼一番你來我往之後，讀賣前輩正好回來。

「啊，你們在約會嗎？」

藤波同學看向用眼神和我溝通的前輩，這麼說道。

我連忙搖頭。

「不不不，她是打工的前輩。我們不是那種關係。」

「這樣啊。啊，那我先走一步。」

她點頭示意，然後走進我和讀賣前輩剛才用的隔間。

我也點頭回禮。

當我抬起頭時，讀賣前輩已經來到眼前。

「喂喂喂，後輩。」

「妳回來啦，前輩。」

「為什麼裝出一副若無其事的樣子啊？剛剛那個女生是誰？居然在約會途中搭訕別人，你也太花心了吧？」

「咦，啊，抱歉……」

雖然她說是約會，但我可沒有自信到會把這種話當真。反正在女大學生眼裡，高中男生最多就是可愛的後輩。

像這樣戲弄我就是證據。

老實道歉是最佳解。如果試圖辯解，讀賣前輩的吐槽技能就會發動，到時候我反而會被她戲弄得更慘。

「道歉得這麼乾脆就不好玩了啦。」

「有好玩的必要嗎？」

「算啦，時間也不早了，就這樣放過你吧。」

「我已經認錯了，求求您放過我。」

讀賣前輩笑著原諒我。

結帳之後，我們回到車站附近。和看晚場電影時一樣，我陪著前輩走到看得見停車場的地方之後，騎上自行車回家。

我一邊在暑氣已經告一段落的澀谷街頭奔馳，一邊回想丸說的話。

嘗試新事物。

這麼說來，雖然我現在會去補習班，但還是有些設施沒用過呢。

「補習班的自習室嗎……」

我將自行車停到公寓的停車場，同時這麼想。

下次去看看吧。

9月24日（星期四）　綾瀨沙季

【我要先去別的地方再回家，所以會晚一點——】

要不要讓ＬＩＮＥ的訊息變成已讀，為什麼會讓我這麼煩惱啊……

看見手機跳出淺村同學來訊的瞬間，我的心跳變快了。是讀賣前輩……

看一行就知道。他要和那位前輩去玩，之後才回家。

要是訊息標上已讀，便代表我已經讀過。

這麼一來，就像允許他和前輩去玩一樣，於是我從剛剛就盯著手機螢幕，手指猶疑不定，不知該不該讓訊息變成已讀。

真是蠢到極點。

哪有妹妹會一直留意高中二年級的哥哥做什麼啊？

如果讀了訊息，就沒辦法用「好慢啊」諷刺他，這讓我很不甘心。「抱歉，我沒看到訊息」這種藉口也不能用。

「我在傻什麼啊？」

真要說起來，這樣根本不公平。我明明最討厭這種行為了。

「嫉妒」這種感情，難道會讓人類的知性跌回小學生水準嗎？

不該有這種感情。因為我是妹妹。

我看著桌上的晚餐，嘆了口氣。

今天晚餐的主題，是讓受到酷暑影響而倦怠的身體恢復元氣。

主菜是絞肉咖哩，換句話說就是用絞肉做的咖哩。

辛香料用了生薑、大蒜、紅椒，以及孜然。孜然雖不起眼，卻深藏不露。畢竟它是從古埃及用到現在的傳統香料，歷史悠久所以相關的迷信也多，在網路上看見「為了防止情人變心，在婚禮的撒米儀式裡混進孜然」這一行時，不禁讓人產生「換句話說類似驅蟲？」的念頭。

我將湯匙伸進溫熱的絞肉咖哩之中。冒出的香氣刺激性很強，令我連連眨眼。然後我吃了一口。

「好辣……」

我明明不太能吃辣的，這是在搞什麼啊？

辣得都流出眼淚了。

我到底在幹什麼啊？

思緒一團亂。

我想起今天在學校和真綾聊的那些話。

『為什麼真綾妳總是那麼開朗？煩惱要怎麼忘掉？』

不可能有人毫無煩惱。正因為如此，所以我想問她，要怎樣才能藏起煩惱。

至於真綾的回答，倒也很單純。

『總之就是去試！』

『試、試什麼？』

『什麼都好，去嘗試新事物！』

真綾豎起一根手指，然後又豎起另一根。

『要不然，就是那個嘍～積極去做原本不會做的事，或許也可以～』

按照真綾的說法，所謂煩惱，似乎是思考陷入迴圈，或者該說原地踏步。

9月24日（星期四）　綾瀨沙季

『所以說，這種時候就該強迫自己往前走！』

正面積極又有建設性。讓人由衷地感到佩服。

我也不禁認同了。

新事物嗎？

我也不喜歡讓這些東西一直在腦中打轉。

那就試著按照真綾說的去做，這個週末以「打破自己的殼」為主題吧。

好啦……繼父馬上就要回來了。

我看向牆上的時鐘。或許先準備繼父的份比較好。

先盛點沙拉，然後把湯和咖哩熱一下。

既然要晚歸，那麼淺村同學會吃過飯才回來嗎？從ＬＩＮＥ的通知看不出來……內文有寫嗎？

保險起見，還是把晚餐準備好吧。和往常一樣留個便條。

在便條上提醒他「如果覺得太辣，就把冰箱裡的半熟蛋加進去」，之後便窩回房間吧。

還要預習明天的課。

戴上耳機讓音樂充斥腦袋，最近課業毫無進展，必須想辦法推點進度。

而且，明天有三方面談。

9月25日（星期五） 淺村悠太

星期五。我和綾瀨同學的面談當天。

早晨和往常一樣，我和綾瀨同學將早餐端上桌。

老爸已經坐定，拿著平板讀新聞。

「來，爸爸，味噌湯。」

「謝謝妳，沙季。」

就在老爸高興地接過湯碗時，玄關傳來開門聲。

「我回來了～」

待在起居室的我們，聽到亞季子小姐的聲音後一起回頭。

「喲，妳回來啦，亞季子。」

老爸率先回應，我們隨後跟上。

「我回來啦，太一。」

「辛苦了。要吃早飯嗎？」

「要。不早點回來就沒辦法確保睡眠時間，所以我沒有先吃。」

「這樣啊。不過，妳待會兒要睡覺，到時候起得來嗎？」

「應該起得來。呃，我想再確認一下時間，悠太、沙季。」

聽到亞季子小姐這句話，我和綾瀨同學都拿出手機，確認已經登錄的行程。

「我是下午四點二十分起的二十分鐘。」

「我在那之後，從四點四十分到五點。雖然沒有預留移動時間，但是我們班就在隔壁。」

亞季子小姐也看著自己的手機，復誦我和綾瀨同學說的時間。

「嗯，沒問題。看樣子沒錯。」

「不過，如果是這個時間，現在才睡感覺睡不了多久耶。」

「我打算搭計程車去學校，所以，只要在四點前出門應該就來得及。起床之後還要淋浴對吧？接著要吃東西、刷牙、換衣服，還得化妝……嗯~我想兩點起床應該就行了。」

「現在是七點，假如八點去睡，可以睡六個小時。不過，比平常短了點吧？」

老爸說道。

亞季子小姐平常都會睡到接近傍晚，這麼一想確實比較短。

「回來後會補眠，而且今天我有請假。問題在於，預定的起床時間沙季和悠太都不在家裡耶。」

說穿了，亞季子小姐容易賴床。

「太一，拜託你兩點開始打電話直到我醒來為止！」

亞季子小姐合掌擺出懇求的姿勢。

「爸爸還有工作，媽媽妳這樣會給他添麻煩啦。」

「可是～」

「啊哈哈。知道了，包在我身上，亞季子。這點程度不至於妨礙工作啦，小事一樁。」

亞季子小姐喜出望外，綾瀨同學則是聳了聳肩。

儘管老爸平常挺沒用的，不過他在這種時候就會展現包容力，很有成熟男性的味道呢。

亞季子小姐雖然很高興，卻很快就露出不安的神情。

「可是，真的沒關係嗎？我起得來嗎？還有，老師會不會覺得我是個很怪的媽媽呀？」

「怎麼可能會有人說妳怪嘛。」

「是、是嗎？」

聽到老爸這句話，亞季子小姐露出害羞的笑容。

「那當然。」

老爸拍胸保證。呃，你們不需要深情對望吧？

我和綾瀨同學將他們兩人的濃情蜜意看在眼裡，暗自苦笑的同時，也不斷說著：「沒問題啦。」安撫亞季子小姐。

「話說回來，媽媽妳既然要吃早飯就趕快坐下。站在那裡很礙事。」

「好好好。」

「爸爸，你上班來得及嗎？」

聽到綾瀨同學這句話，老爸看向牆上的時鐘。

「唉呀……再不出門就糟了。謝啦。」

老爸看著亞季子小姐去洗手間卸妝，然後抓著公事包站起身。

9月25日（星期五）　淺村悠太

「那麼，亞季子就拜託你們嘍。」

我和綾瀨同學一同點頭。

不過，其實是我們要麻煩人家吧？

亞季子小姐回到起居室。她直接坐到自己的位置，吃起已經擺在面前的早餐。

「媽媽，妳起床之後的午餐怎麼辦？冷凍庫還有剩下的咖哩就是了。」

綾瀨同學表示，咖哩很辣，應該能提神。

「之後要和老師見面，我不想吃太辣的東西，吃早餐剩下的就好。另外，蛋應該還有剩？」

「這個嘛……的確還有。」

「我自己會想辦法解決。話說回來，你們差不多也該去學校了吧？」

確實，平常綾瀨同學會在這個時間出門。

「悠太你也不用收了，這邊我吃完之後會清理。」

「知道了，謝謝。」

就和平常一樣，綾瀨同學先出門，我稍後才抓起書包。

「好啦，為了傍晚起得來，我要好好睡一覺啦～」

我穿上鞋走出家門，背後傳來亞季子小姐的聲音。

宣告第四節下課的鐘聲響起。

雖然下午開始就是三方面談，不過還要四個多小時才輪到我。

我一邊和丸吃便當，一邊思考面談前的時間該怎麼打發。

「那麼明天見啦，淺村。」

「嗯，再見！」

先吃完的丸，抱著書包衝出教室。儘管意見很多，不過丸對於練球依舊是認真到令人傻眼。

因此我下午必然落單。

這種時候，回家社的在校內很難找到地方打發時間。

而且教室要用來三方面談。

「圖書館」一詞突然閃過腦海。儘管愛看書的人應該要先想到這個地方，但是我要看的書在圖書館裡往往找不到，所以我很少利用這項設施。

久違地去看看吧。

9月25日（星期五）　淺村悠太

於是我帶著書包走向圖書館。

水星高中的圖書館獨立在校舍之外。校舍旁有一棟人稱「圖書館樓」的兩層樓建築，可以從穿廊抵達。一樓是音樂教室、二樓是圖書室。雖然應該也可以叫「音樂館樓」，不過嘛，這個稱呼大概有什麼歷史性的由來吧。

走近圖書館樓，就能聽到一樓的音樂教室傳出管樂社的演奏聲。水星高中的三方面談是三個年級一起舉行。儘管可以說這樣很符合升學校的風格，不過三個學年下午都沒上課，導致社團活動開始得比平常早，這點好像也可以說不太像升學校。

我走樓梯上樓，打開圖書室的門。

一踏入圖書室，舊書的氣味撲鼻而來。和走進神保町舊書店時那種獨特的氣味如出一轍。很多人排斥人家翻過的舊書所以只看新書，但我不討厭這種氣味。

因為它象徵人類傳承至今的智慧。

和考試前相比，圖書室的人實在不多。我掃過一圈，發現有人占據的座位連三分之一都不到。

我突然想到一件事——綾瀨同學會去哪裡打發時間呢？

這個閃過腦海的想法，讓我一邊在書本叢林中漫步一邊東張西望，卻怎麼也找不到熟悉的明亮髮色少女。

不過，相對地——

「咦～怎麼啦？」

我找到了奈良坂真綾。

「沒什麼，打發時間而已。因為我今天要面談。」

「喔～淺村同學也是啊。」

「意思是，奈良坂同學也是今天？」

奈良坂同學向我招手，於是我坐到她旁邊。畢竟隔空交談會讓人放大音量嘛。還好，她那張桌子沒有別人，周圍的書架形成了牆壁。

「幾時？」

「我從四點二十分開始。」

「喔，很接近。我是前面一段，四點開始～」

原來如此。時段和我差不多，代表她和我一樣閒。

不過，在這個時段代表和綾瀨同學很近，要一起打發時間應該也行。

一問之下，我才知道綾瀨同學說要先回家一趟，所以離開學校了。

確實，先回家再來學校一樣趕得上。我是不是也該回家啊？

如果現在回去……

我尋找時鐘，但是所見範圍內沒有，於是我拿出手機。還不到一點。怎麼辦，要回去嗎？

要是現在回去……不，綾瀨同學在家，只有兩個人很尷尬——想到這裡，我總算注意到了。不止綾瀨同學，亞季子小姐應該也在家睡覺。而且，差不多該起床了。

同時，我想起亞季子小姐今天早上說過的話。

『問題在於預定的起床時間沙季和悠太都不在家裡耶。』

該不會綾瀨同學……

「怎麼啦，淺村同學？看你皺起眉頭，好像事情很嚴重耶～」

「啊，沒什麼啦。」

但是，如果連我也回家，會不會反而讓家裡變吵，導致亞季子小姐的睡眠時間減少呢？

「那麼擔心三方面談？」

「那個我倒是不怎麼擔……呃。」

差點就坦承自己有煩惱了。這該不會是種高明的引導性詢問吧？

「——話說回來，既然是這種時間，奈良坂同學不是也能先回家一趟嗎？」

「沒有啦～一想到今天可以不用照顧弟弟，忍不住就……」

她笑著這麼說道。

好像是奈良坂同學的母親為了面談而請假，而且她和她母親都不在時，祖母會來家裡照顧弟弟們。

「真辛苦啊。」

「可愛是很可愛。不過，我偶爾也會想放鬆一下。話又說回來……」

奈良坂同學稍微壓低音量。

她趴在桌上，轉頭看向我。

「淺村同學，你是不是喜歡沙季啊？」

「沒有啦。」

答得這麼快，說不定反而是個錯誤。奈良坂同學這個人看起來純真，有些時候卻意外地敏銳。

「真的嗎～？」

「妳也知道吧？我和綾瀨同學是兄妹。不可能有這種事。」

「可是啊～」

「怎樣？」

「你到現在還是叫她『綾瀨同學』耶。」

我的心臟猛然跳了一下。居然是這點啊。

「咚」一聲響起，這回她變成額頭貼著桌面了。

「雖然說是兄妹，但是沒有血緣吧？而且你們才剛成為兄妹，跟外人幾乎沒兩樣對吧？在我眼裡，你們兩個看起來都喜歡對方啊～」

她面對桌子，彷彿在自言自語。

「沒這回事啦。」

「嗯～我看錯了嗎～」

她又對著桌子嘀嘀咕咕，但是這種姿勢額頭不會痛嗎？

奈良坂同學突然抬起頭，舉臂朝天「嗯～」地伸了個懶腰。

「這樣啊～那我可以幫別人加油嗎？」

「欸？」

「所以我在問，如果有男生喜歡沙季，我可不可以幫人家加油？」

這句話的意思，難道是已經有這樣的人了？

「這種事又不需要我許可。」

「嗯～這樣啊～嗯～」

奈良坂同學抱胸嘀咕，一下子「這樣啊～」一下子「嗯～」，反覆不斷。

我丟下好像已經陷入沉思的她，尋找打發時間的書。還有三小時以上，薄一點的應該能看個兩本。

東翻西找之後，找到一些昭和年代出版的海外文學作品文庫本。

施篤姆的《茵夢湖》，一百四十二頁。

易卜生的《玩偶之家》，一百四十八頁。

這樣應該剛剛好吧。

我從架上抽出要的書，回到剛才那張桌子。

雖然沒看見奈良坂同學，不過書包擺在這裡，大概和我一樣去挑書了吧。開始看書後，不知不覺間回來的奈良坂同學，也在我旁邊看起書。

我們幾乎沒有交談，只是默默地坐在一起看書。

「先走嘍～」

回過神時，奈良坂同學已經拿起書包準備離開。

看樣子她的時段已經到了。

這也就表示，二十分鐘後就輪到我了吧。

我把剩下幾頁一口氣看完，站起身來。

就在這時，設定成靜音模式的手機突然震動。

亞季子小姐用ＬＩＮＥ傳訊息過來。上面寫著她差不多要到了，約我在樓梯口碰面。

我還了書，離開圖書館樓。

四點十分，亞季子小姐在樓梯口露面。

「久等了，悠太。」

「我也是剛到。」

來到學校的繼母和上班時不一樣，穿著整齊的套裝。

她身披單色外套，裡面是一件U領上衣；平常穿裙子，今天卻是藍色的褲裝。一隻手提著雙色包包。

感覺就類似能在辦公室穿的休閒服。不至於太拘謹，也能展現出穿衣者的認真態度。

這種裝扮的亞季子小姐，我還是第一次看見。

我遞出為參加面談的監護人所準備的拖鞋，亞季子小姐一邊道謝一邊換上。

「可以帶我過去嗎？」

「在這裡。」

我和綾瀨同學的教室都在校舍二樓。我帶著亞季子小姐到樓梯，在簡單說明校舍內情況的同時領著她移動。

「悠太和沙季是隔壁班對吧。」

「是的。」

「在成為一家人之前，你們真的沒見過面嗎？既然就在隔壁，有見過好像也不奇怪。」

「照理說應該是有……」

像是體育課時、在走廊上移動時等，理論上應該擦身而過不少次。

「……可是，我沒有印象。」

「唉呀，真是紳士。注意力居然沒被可愛的女生吸走。」

「這就有點尷尬了。畢竟這是個光看都可能被當成性騷擾的時代。」

「你太在意啦。只要沒有心懷不軌，人家不會在意的。」

「別人有沒有心懷不軌，妳能精確地判斷嗎？」

「當然。」

「講得斬釘截鐵呢。」

不管怎麼想都很難證明。這種地方她倒是和綾瀨同學完全不一樣呢。言行明明很隨便，卻完全不會讓人覺得她不負責任，想來要歸功於亞季子小姐的人格吧。若是亞季子小姐，說不定真的能看穿——我當下差點就要相信了。

「講得肯定一點才好啊～反正要是弄錯了，說一聲『對不起』就行啦。」

「未免太厲害了吧……」

就在我快要相信時，卻聽到這種頑皮的台詞。

真是的……糟蹋了那身和往常不同的正經套裝。

不過，我倒也沒那麼排斥。

9月25日（星期五）　淺村悠太

儘管要把幾個月前還是陌生人的女性當成母親在學校碰面感覺很怪，不過看見亞季子小姐在學校也和在家一樣有些脫線，讓我暗自鬆了口氣。

我真正的母親，在家和在學校簡直判若兩人。

說實話，小學時的我，覺得那個人很噁心。雖然她會變成那副德行，或許也有什麼理由就是了。認清時間、場合、地點是一回事，對於前後變化超出這個範圍的人，我實在不太能信任。

看見亞季子小姐一如往常，讓我有點高興。

「啊，就是這裡。」

「好。謝謝你，悠太。我會加油的。」

雖然三方面談好像不需要加油……也罷。

我先確認時間，然後敲門。

等到班導回應，我便打開教室的門。

「來，請坐。」

班導開口之後，我和亞季子小姐坐到班導對面。

三方面談我在中學時就碰過，而且水星高中是一年級就有，所以不是頭一回。不過我和母親同時待在這種地方倒是第一次，讓我不由得有點緊張。

班導以出路調查問卷為準，陳述對我的概觀。

他是一位沒什麼明顯特徵的男性教師，姓也是「鈴木」這種日本多到不曉得有幾人的姓。順帶一提，綾瀨同學他們班的導師是位女性，姓也是常見的佐藤。

先前和綾瀨同學討論三方面談時，我們也有提到這件事，雖說都是日本前三多的姓，以機率來說不足為奇，不過還是很巧——我們兩個為此笑了好一會兒。

「所以說——」

班導的話讓我回過神來。

我不太想聽班導對於自己的評價，所以前面都當成耳邊風，不過看樣子已經到關鍵的出路話題了。

「悠太同學呢，只要照這樣努力下去，我認為有機會考上都內的知名大學。」

評價意外地高。

我瞄了旁邊一眼，發現亞季子小姐露出笑容。似乎很開心。

不過，她的表情立刻僵住。

「這也都是多虧了媽媽教得好——」

準備用慣例台詞稱讚對方的鈴木老師，講到一半才發現人家是最近再婚，於是整段話就此卡住。

我立刻插嘴。

「是的，我很感謝家母。」

我說這句話時看著班導的臉，所以沒有好好觀察亞季子小姐的表情。

眼角餘光瞄到的亞季子小姐，似乎驚訝地瞪大了眼睛。

鈴木老師雖然愣了一下，最後還是再次用「這樣下去一定能考上志願校」讓話題結束。

向老師道謝之後，我和亞季子小姐走出教室。

下一位同學與他的家長已經在走廊上等候。我們一出來，他們便走進教室並關上門。

出乎意料地差點把時間用光。我一看手機時鐘，四點三十八分。只剩兩分鐘。

「綾瀨同學的教室在這裡。」

「必須快點才行！還有，剛才謝謝你嘍，悠太。得到悠太的認可讓我好開心，眼淚都要流出來了。」

聽到她笑著這麼說，我心裡也是一股暖意。這個人，居然能因為我的一句話就高興成這樣。

「我好開心！」

「呃、等等，不要拉我的手啦。」

沒想到她會直接抱上來。

儘管如此，這樣的親近卻讓我感到很愜意，連我自己也很驚訝。

對於亞季子小姐來說，我明明應該只是「淺村太一的兒子」，她卻是從一開始就把我當成家人啊。我根本不記得親生母親抱過我，至少懂事以來都沒有。當時那個哭泣的幼小淺村悠太，似乎終於能露出笑容了。

啊，老爸能和這個人結婚，真是太好了……

前方不遠處，走廊上的椅子沒人坐。正當我疑惑時，綾瀨同學從樓梯口走來。

亞季子小姐出聲呼喚她，並且小跑步靠過去。

當我從準備進教室的兩人身旁走過時，綾瀨同學轉向我。

一時之間，我說不出話來。是不是該對她說些什麼比較好？

「三方面談，要加油喔。」

我只能擠出這種比較安全的台詞。

「嗯。待會兒見，哥哥。」

說完，綾瀨同學便和亞季子小姐一起走進教室。

好啦——

今天的預定行程已經全部結束，也沒有打工。

「總之回家休息吧……」

我繼續走向樓梯口，卻在彎過轉角的樓梯前被人叫住。

我抬起頭。

一個穿著網球服的男生，拿著球拍站在那裡。

「你是淺村同學，對吧？」

「……是這樣沒錯。」

這人是誰？好像在哪裡見過。

「不記得嗎？我是新庄圭介。」

聽到名字我才想起來。

「啊，暑假那次的。」

「對對對。」

一起去泳池的成員，綾瀨同學和奈良坂同學班上的。多虧了在自我介紹時幫忙介紹個人特色的奈良坂同學，一聽到名字我就想起來了。

「呃，總之我要先道歉。對不起，我原本沒打算偷看的。」

「咦？」

他在講什麼啊？我疑惑地歪頭。

「其實，下下個時段輪到我三方面談。我是半途蹺掉社團來的，結果——」

啊，該不會……

「剛剛和淺村同學一起走出教室的伯母，就這樣和綾瀨同學會合了……這是怎麼回事？」

當下那一瞬間，我不想告訴他。然而，同時我也想起了亞季子小姐方才開心的表情。

否認似乎也不太好。

「我們是兄妹。雖然這種事不值得大肆吹噓就是了。」

「咦？可是，你姓淺村。而她……」

大概要問「為什麼不同姓吧」。

「因為我們的父母再婚。」

「呃，也就是說？」

「這是最近的事。簡單來說呢，綾瀨同學成了我沒有血緣的妹妹。」

一說出來，我就覺得滿口苦澀。

「原來是這樣啊，我還以為……」

還以為——以為什麼？

「那麼，我要走了。」

騎自行車回家的路上——

看見亞季子小姐笑容時內心漾開的溫暖，以及承認綾瀨同學是妹妹時口中擴散的苦澀，一直輪流在我腦中盤旋。

9月25日（星期五）　綾瀨沙季

我在樓梯口碰上真綾。

「沙季（Saki）～先走嘍（Osakini）～都是ＳＡＫＩ～」

「……妳在講什麼啊？所以，妳要回家了？」

「嗯。不會直接回家就是了～今天想稍微放鬆一下。」

啊，這麼說來她好像有講過，今天可以不用照顧弟弟們。所以面談結束之後才沒有和家人一起回去嗎？

「面談辛苦了。」

「接下來是沙季對吧。伯母來了嗎？」

「來啦。她正在參加淺村同學的面談。」

我一這麼說，真綾就露出微妙的表情。

「啊，這麼說來，我在圖書館等時間到的時候，碰上淺村同學嘍。」

「是嗎？」

淺村同學在圖書館打發時間啊？他真的很愛看書呢。

「嗯。淺村同學看得好快。我才看差不多一半，他卻一下子就要看完兩本了。那根本就是用光速在看書嘛！」

用秒速三十萬公里讀書是怎樣？完全搞不懂。

我苦笑著用「是是是」敷衍她。

「他好厲害。」

「知道啦知道啦。」

即使明白真綾是在開玩笑，聽到她稱讚淺村同學還是會讓我忍不住覺得開心，真是頭痛。要克制嘴角好辛苦。

「嗯，那我走啦。也差不多要輪到妳了吧？」

我回過神確認時鐘，離預定時間已經剩下不到五分鐘。

「走嘍～再見啦～」

「嗯，再見。」

我趕緊往教室移動。

原本覺得時間綽綽有餘，我才回家休息，要是因此遲到未免太丟臉。

虧我特地叫醒媽媽讓她先出門，要是自己遲到就沒意義了。

上樓後彎過轉角，正巧看見淺村同學和媽媽從教室走出來。

他們在談話。談些什麼就聽不清楚了。不過，看見媽媽開心的表情，連我也不禁感到開心。

媽媽露出那種表情時，代表她是打從心底感到喜悅。記得我考上水星高中時，為我高興的她也是那樣的笑臉。

淺村同學好厲害。我真的覺得，幸好成為我哥哥的人是他。

——等等，那是怎樣，媽媽為什麼突然抱住淺村同學？

就算是母子，也不該有過度的肢體接觸。我看見後有些慌張，不過轉念一想，媽媽也是動不動就會抱住我。唉，畢竟是母子嘛，那種程度很普通……或許吧。

媽媽注意到我，於是小跑步靠近。

我沒理會牆上那張「別在走廊上奔跑」，直接和媽媽會合。

9月25日（星期五）　綾瀨沙季

三方面談開始後，班導佐藤老師在談未來出路之前，先講了些別的事。

「容我說句實話，第一學期時，我還有點擔心令嬡——沙季同學。」

佐藤老師是位有話直說的老牌教師，她坦承她很擔心我的穿著打扮以及那些有關我行為舉止的傳聞。

相較於那些拐彎抹角的人，我還比較喜歡像她這樣直來直往。

可是，媽媽又是怎麼想的呢？我一邊聽班導說話，一邊偷偷觀察媽媽的表情。

媽媽坐得很直，默默聽佐藤老師說話。

「但是——我改變看法了。」

我不由得抬起頭看向老師。

「原本需要加強的國語最近有起色，令人在意的傳聞也沒聽到了。儘管外表過於招搖這點不得不提醒一下，但我也能體會孩子想要打扮的心情。」

媽媽用力點頭。

「但願她可以恪守高中生應盡的本分。這和出路諮詢無關，希望家長也能幫忙注意。」

「我會盯著我女兒。」

媽媽回答得乾脆，沒有多說什麼。

佐藤老師看著媽媽的眼睛，輕輕點頭後攤開出路調查問卷。

「那麼，接下來要談談沙季同學的志願校。」

佐藤老師提到我第一學期的成績，表示雖然要看國語成績的進步幅度，但如果繼續這樣努力下去，應該可以將目標再提高一點。她還舉了一兩個大家都曉得的知名大學當例子。

「我女兒的出路，我會交給她自己選擇。」

說著，媽媽以眼神示意我開口。

佐藤老師也看著我。我有點緊張。

「我……想要就讀學費便宜又有就業優勢的大學。」

儘管媽媽用「這樣好嗎？」的眼神看我，但是這一點我不能退讓。倘若我有靠學問出人頭地的志向倒是另當別論，然而現在的我，沒有特別想做的事。

既然如此，我就不會為了進學費昂貴的一流大學而讓媽媽辛勞。只不過，考慮到將來就業，大學也不是隨便哪一間都好。

佐藤老師拿筆在桌上「叩叩」地敲了幾下，然後開口。

「那麼，月之宮女子大學怎麼樣？」

9月25日（星期五）　綾瀨沙季

重。

「咦？月之宮嗎？」

月之宮女子大學是都內的名校，有名到無人不知的地步，老實說我覺得負擔有點

「若是現在的沙季同學，我認為努力一點就有機會。那邊的學閥影響力很強，有利於就業，而且是國立大學所以學費便宜；即使沒爭取到不用還款的給付型獎學金也無妨，若能拿到無息的第一種獎學金，應該就可以符合妳的要求。」

「這……我之前都沒想過。」

我實在沒想到老師會要我以月之宮女子大學為目標。

佐藤老師輕輕一笑，說這個週末有校園開放日，去看看如何？

「校園開放日……」

「大學是個怎樣的地方，妳還是親眼見識一下比較好。」

「這麼說也是……」

如果是週末，應該能挑一天去。

『所以說，這種時候就該強迫自己往前走！』

真綾說的話，就像軍號一樣在我腦中響起。

嘗試新事物。積極一點。

這是為了忘記對淺村同學的感情，也是為了讓自己的人生更美好。

明天。明天去參觀吧。

結束三方面談走出教室時，我已經下定決心。

「我反倒覺得這孩子會因為自我克制過度而失控耶……」

媽媽回程嘀咕的話，我決定當沒聽到。

9月25日（星期五）　綾瀨沙季

9月26日（星期六） 綾瀨沙季

月之宮女子大學在山手線內側。

從澀谷站搭山手線往北（用山手線的說法就是外圈），在池袋站下車。接著轉乘民營鐵路兩站，然後徒步。

在最近的車站下車之後，沿著街道走就能抵達正門。

「好大……」

最先令我驚嘆之處，就是校地的廣大。

不知道牆內究竟有多少建築？這間學校明明位於都心，究竟是怎麼確保如此廣闊的土地？不愧是歷史悠久的國立大學。

從正門筆直延伸出去的道路，左右兩側種有高大的樹木，方形建築則像是要和樹木競爭似的蓋了一棟又一棟。根據手機螢幕顯示的導覽圖，兩側建築似乎是附設的小學與高中，稍遠處好像還有中學。

我震驚得說不出話。沒想到同一道圍牆之內，居然從小學到大學都有。

我跟著湧向正門的人潮移動，踏入大學校地。

話又說回來，今天是週六，學校應該沒有上課。代表這麼多人都是來參加校園開放日的……嗎？

一進門，就有個身穿原色T恤的大姊姊遞來時間表，似乎是工作人員。對喔，會來大學的不止學生嘛。

仔細一看，路人之中也有些明顯年紀比我大的女性，甚至還有更年長的。我這才想到，她們應該是大學生或職員。

遠處，疑似運動社團的宏亮聲音乘風傳來，還能看見校舍窗戶另一邊有人影。大學沒有假日嗎？大家都這麼認真，假日也來學校？雖然我覺得不可能有這種事。

我沿著石板路往校內走。

目的地——人文學院安排的課，似乎是在比較靠內側的建築進行，必須繞過正面那棟很大的建築。

我繞到方形建築的另一側，右手邊是個有點熱鬧的中庭。草地很漂亮。

……有人在睡覺。

難以置信，居然有個穿白袍的女性躺在草地上。不不不，騙人的吧？啊，有人來了……她挨罵了。這是理所當然的吧，陽光再怎麼暖和、氣候再怎麼舒適，也不該這麼做。

恐怕只是認真上課還不夠，也需要適度放鬆一下。

不過嘛，剛剛那人應該是放鬆過頭了。

大學裡有好多種人呢。

我確認一下立於建築入口處的看板。嗯，就是這裡。

就在準備進去時，突然好像聽到有人喊我的名字。不，怎麼可能？何況我也不覺得會在這種地方碰到熟人。

「沙季！咦～！妳來我們學校參觀？」

咦？

「讀賣小姐？」

結果是打工地方的前輩，讀賣栞小姐。而且，她還坐在看似接待處的椅子上。

換句話說，難不成——

「妳讀的是這所大學？」

「嗯，或許就是這樣嘍～」

都坐在關係者席了，沒什麼「或許」吧。

仔細一看，每個學院的接待地點不同。她坐的位置，看來屬於偏人文的學院。

「要是妳事先告訴我一聲，我就會好好招待妳了。」

「因為是突然決定的。」

真要說起來，我根本不曉得這位前輩是哪間大學的學生，也無從說起吧？

「這樣啊～呃，所以說，妳是來參加這裡的體驗課程對吧。」

「……對，大致上沒錯。」

為了避免妨礙其他來參觀的學生，我在回答的同時把路讓開。

其實我沒有以特定學院為目標，只是想挑個感覺還不錯的地方聽聽人家講課，這點應該不用特地說出來吧。

況且既然是聰慧的讀賣小姐所就讀的學院，聽聽看理應也沒什麼損失。

「那麼，反正還有時間，我帶妳到處參觀吧。」

「這……可以嗎？」

我回頭看向接待席。

已經有其他人坐到讀賣小姐原先坐的位置，將看似傳單的東西遞給訪客。她發現我沒領到，於是拿了一張給我。我一看，上面好像是今天課程的概要。

「小栞～妳在那邊很礙眼，不做事就閃邊啦、閃邊。」

「嘿！感謝。好啦，我來當妳的嚮導。」

「可是……」

「喔，讀賣同學。熟人啊？」

聽到另一個聲音，我轉過頭去。

看見一位顯然不是學生的女性。

可能是這所大學的老師吧。年紀應該在三十前後。如果是老師，實際年齡或許還要更大一點，不過至少外表看來只有這樣。這人身穿淡藤色套裝，散發成熟的氣息，不過可能是睡眠不足吧，有淺淺的黑眼圈，讓難得的美貌打了折扣。怪了，我好像在什麼地方看過這個人。

我試著在腦中為那身套裝加上一件白袍。

「啊。」

就是躺在草地上結果挨罵的人。

「嗯？」

「喔？沙季，妳認識我們家老師？」

「不、不是啦。那個……剛剛草地上……」

那個躺著的人對吧——這種話我實在說不出口。不過，讀賣小姐好像已經從我的隻字片語猜到真相了。

「工藤老師……妳又來啦？今天有外面的訪客，所以妳特地穿了名牌套裝對吧？套裝會哭喔……」

「我有在外面披件白袍。」

「問題不在這裡……」

「將什麼東西定義為問題，這點因人而異。至於隨便對待一件只是標價高了點的衣服是對是錯，人生苦短，我認為討論這種話題只是在浪費時間。話說回來，讀賣同學，我想認識一下這位美麗的女性。」

讀賣小姐原本還想說些什麼，但最後還是露出認命的表情，將我介紹給對方。

「……她是綾瀨沙季。打工地方的後輩。」

「我是綾瀨。那個……幸會。」

我點頭致意，那位穿著藤色套裝的女性隨即嘀咕了句：「嗯，正好。」正好？

「幸會，沙季。我是工藤英葉，在這所大學以副教授的身分進行倫理學領域的研究。話說回來，妳看起來好像是高中生？」

「是的……不過還是高二。」

「嗯，正好。真是太棒了，妳來得正是時候。老實說，我有些事想請教。」

她講話十分流暢。

光是這樣，就能讓人明白她很聰明。不愧是在大學任教的老師。

「好的，要問什麼？」

「截至目前為止，妳和多少人做過？」

「啊？」

我當下聽不懂她在講什麼……做過、「做」過……咦，該不會，是那個意思？

「呃，我不明白妳的意思——」

雖然明白，但是我不想明白。

「老師！怎麼能問初次見面的未成年少女這種事啊？」

讀賣前輩就像要護著我一樣，擋在我前面向工藤副教授抗議。

「咦？」

「不該在這種地方問啦。」

「嗯？不，我當然知道。所以我才特地用隱喻啊。嗯，不過仔細一想，這或許也沒有隱諱到哪裡去。畢竟這對人類來說是很普遍的現象嘛。我經常在想……『隱瞞』這種行為，搞不好比坦白更容易強調事物的存在感、更容易讓人對事物留下印象呢……喔，換句話說呢，就是問妳到目前為止曾經和多少男人性交過——啊不，當然女人也可以算在內——有嗎？」

「老師。」

「嗯？為什麼露出那種恐怖的表情啊？讀賣同學，人家不會把妳和我這種萬年睡眠不足的吸血鬼混為一談，所以妳可要好好維持自己的美麗喔。聽好，對我來說呢，這是個能夠直接聆聽現役高中生說法的寶貴機會，是研究的一環。」

「找人家當實驗對象需要先徵求同意，這點應該不用我特地向您這位做學問的人解釋吧？」

工藤副教授瞬間瞪大眼睛，然後露出奸笑。

「喔，妳的腦袋今天很靈光嘛，讀賣同學。吐槽得好。」

「多謝誇獎。」

「有道理。呃，沙季。啊，是不是稱呼妳綾瀨同學比較好？」

「啊，兩種都……」

「那麼，沙季。就這麼決定了。這樣比較可愛。」

她說這句話時一臉認真，實在令人難以捉摸。在大學任教的老師，每個人都這麼怪嗎？

「我呢，主要進行男女關係與家庭關係方面的倫理研究。」

「家庭關係……」

「嗯。所謂倫理，以辭典上的意思來講，是指道德以及人類生活的秩序……換言之相當於社會規範。然後呢，我就是在研究這種東西。」

「這種東西也能研究嗎？」

「當然可以。聽好喔，『社會』這種東西裡，訂出了各式各樣的倫理對吧？像是『希望人們做這種事』，以及『不可以做這種事』——也就是所謂的禁忌。不過，說穿了這些東西並非亙古不變。舉例來說……對了，像是『兄妹之類的近親不能相愛』

等。」

儘管根本不該對這種話有所反應，我卻感覺到自己的表情變得有點僵硬。

「所謂的倫理並非科學。至少，它不是以科學為基礎而建立的。」

「建立的理由或許是這樣，但是研究需要科學。」

「這個嘛，這部分不是主題，所以我們之後再討論吧，讀賣同學。這裡的重點在於，儘管倫理源自需求，需求卻隨時都在變化。但從社會的角度來看，需求的變化和認知的變化之間有所差異，因此我們的社會……」

說到這裡，工藤副教授環顧四周，似乎終於發現自己是在哪裡高談闊論了。

「嗯。我說妳……沙季。既然還有時間，要不要來我的研究室一趟？」

「又～在搭訕了。」

讀賣前輩輕聲嘀咕。

工藤副教授假裝沒聽到這句諷刺，繼續說道。

「沙季。妳現在很煩惱對吧？」

我頓時全身緊繃。

「說不定，我可以為妳的煩惱提供解答喔？」

「咦，這……」

老實說，我對於和這個人的問答很感興趣。既然頭腦好到能擔任知名大學的副教授，或許她能提供我某種答案。

「如果不會太久就可以。」

「好，那就說定了。跟我來。」

「工藤老師想要帶壞未成年少女！」

讀賣小姐嚷嚷著想跟過來，工藤副教授則是一句「喂喂喂，校園開放日不能擅離崗位喔」要把她趕回去。

「原本是我要為沙季介紹學校的。而且我已經得到大家的許──」

「研討會報告交期延長三天。」

「嗚！」

「妳還沒寫好對吧？」

「嗚嗚……」

「放心，會準時歸還的。那麼，我就把她借走啦。這裡，沙季，跟我來。妳也想見識一下大學的研究室是怎樣的地方吧？」

說完，倫理學副教授——工藤英葉便邁開步伐，我則是緊跟在後。

「咖啡和紅茶，妳喜歡哪個？」

「啊，請給我紅茶。」

我在回答的同時環顧四周，打量自己身處的這個房間。

雖說應該有個四坪左右，不過體感上恐怕只比兩坪多一點。因為，這裡的書多到別說一面牆，根本到處都擺滿了書。不止牆邊鐵架，桌上也有不少書平放，就連地板上也堆著書。如果不鑽縫隙，根本無法抵達房間深處的桌子。

只有最深處的大桌子周圍空出來。

大桌前方，有一組隔著小茶几相對的沙發。換句話說，那裡應該就是給訪客坐的地方了。

工藤老師要我在其中一張沙發上坐下，然後打開快煮壺的電源，又從櫃子裡拿出茶壺與兩個茶杯。接著打開茶葉罐。

「尼爾吉里行嗎？」

「啊，好的。都可——尼爾吉里嗎？居然用這麼高級的茶葉。」

「喔，妳知道啊？」

「……知道一點。」

「試著把妳知道的說出來吧。」

口氣完全就是學校的老師，我心想。不過，到高中為止的老師，好像都不會用這種方式問呢。

我所認識的老師，幾乎都希望人家回答「正解」。

此刻工藤副教授要問的，並不是正解。她要問的，是我能不能用自己的話語把自己的知識表達出來。

「這是南印度一帶所採茶葉的通稱對吧。俗稱『藍山紅茶』。」

「喔，真是博學。」

「只要在網路上搜尋一下就會知道了。」

「喝過嗎？」

「沒有。」

正如藍山咖啡是高級品一樣，藍山紅茶也是高價商品。

和媽媽兩個人生活時，就算是五十袋五百圓（換言之一杯十圓）的茶包我也喝得很

開心，所以對於這種茶僅止於有知識，沒有實際喝過。

「那麼，這就是『初體驗』了。」

說到特定詞語時，她特地加重語氣。

喀嘰一聲響起，快煮壺的開關跳了。工藤副教授倒了少許煮開的沸水，將茶壺燙一下。

接著再度按下開關，讓水沸騰。

她將壺裡的熱水全部倒進杯裡，然後在茶壺放茶葉，倒入沸水並蓋上。最後將桌上的沙漏翻過來。

「根據書上講的，為了不讓沸水冷卻，將水倒進茶壺裡時，最好別讓水壺離開爐火。不過很遺憾，這個房間還沒到連瓦斯爐都有的地步。水溫或許多少會降一點，妳就包涵一下吧。」

「不要緊。」

話又說回來，如果房間裡有瓦斯爐，難道這人連開水壺都要拿進來？

「這些紅茶，是某位去過印度的友人送的。」

「旅行嗎？」

「田野調查。」

「工作嗎？」

「不，研究。那位友人是研究員。」

我聽不懂這句話的意思。既然職業是研究員，那麼研究不就是工作嗎？

「喔，原來如此。嗯，原來在世人眼裡是這樣啊？我也和他一樣，不太會意識到自己正在工作。」

「是這樣嗎？呃，那麼，妳現在在做什麼？」

「活著。」

啊？

「至少能確定我活著。畢竟研究員也是生物嘛。」

「……不懂。」

「我想也是。聽得懂的人不多，說明起來相當累。」

茶蒸好之後，工藤副教授倒掉茶杯裡的水，注入紅茶。

香氣從白茶杯中冒出，飄至鼻尖。

「很遺憾，今天沒有茶點。平常我會準備些東西，不過都吃完——」

「沒關係。謝謝您的招待。」

「算啦，反正離體驗課程開始也沒剩多少時間了。」

我們在沙發上相對而坐，靜靜地喝著紅茶。

我捧著茶杯，讓紅色液體流入咽喉深處，一股暖意滲進在冷氣吹拂下有些失溫的身軀。我感受著胃部的溫暖，吁了一口氣。

「其實，我聽讀賣同學講過妳的事。」

「我的事？」

「正確說來，應該是你們。呃……他叫什麼名字啊？」

「淺村同學嗎？」

「喔，是叫淺村啊。」

「……妳原本不知道是吧？」

「妳猜對了。」

她這句話講得臉不紅氣不喘。

換句話說，剛剛那種遺忘口吻是裝出來的，目的是問出淺村同學的名字。

完全上了她的當。

「名字我不知道。以前我就聽她說過，打工的地方有個很有趣的孩子。大概是夏天的時候吧，她告訴我增加成兩個了。但是她不肯把名字說出來。別看讀賣同學那樣，她對於個資保護可是很囉唆的。」

「別看她那樣……我覺得讀賣前輩是個品行端正的人耶。」

「喔，自認是她後輩啦。居然已經認定能考進我們大學，真是不簡單。」

「……讀賣小姐。」

我不太高興地改口。她明明知道我是在講打工，還故意這麼說。

「哈哈，不用勉強啦，我只是開個小玩笑而已。唉呀，你們比我預期的還要有趣呢。」

「妳見過淺村同學了？」

「當然沒有。不過，一來有讀賣同學做保證，二來妳這個搭檔又這麼有意思，另外一個自然不可能不有趣了吧？真想和那位淺村同學也聊聊呢。」

我嘟起嘴，嘗試做些幾乎看不出來的抵抗。不知為何，我不太想讓這個人接近淺村同學。

「那麼切入正題吧。」

「正題……？」

工藤副教授裝出驚訝的表情。

「妳在說什麼啊？我講了說不定可以為妳的煩惱提供解答吧？」

「對喔。」

這麼說來的確有這回事。

「我就開門見山地問了，你喜歡上那位淺村同學了對吧？而且，按照世間一般的倫理觀念，他是妳不能喜歡上的對象。」

「為什麼會這麼想？」

「妳會這麼問，代表我果然沒猜錯。」

「……我實在不怎麼喜歡妳這個人。」

「哈哈哈，我喜歡誠實的孩子。」

工藤副教授笑了笑，接著說道。

「唉呀，你們在打工地點的模樣引人遐想呢。明顯在意彼此卻試圖保持距離，為什麼？這麼一來，就會想到是因為抵觸禁忌。舉例來說，像是沒有血緣的兄妹之類的。」

她說話真的很直，球速太快讓人很難接。

「連沒有血緣都能肯定啊。」

「在我看來，要是有血緣就不用煩惱了……所以，妳喜歡那位淺村同學對吧？」

「……這個嘛，我覺得他是個好哥哥。」

「不是那種喜歡。是包含戀愛感情那種。」

「……他是我哥哥喔？」

「但是你們沒有血緣。」

「就算沒血緣，一樣是我哥哥。」

「他是三個月前才成為妳哥哥的。」

連時間都抓出來了。居然只拿少少情報拼湊一下就能得出正解，這人真難纏。

「然而，我們是家人，不可能發生這種事。他願意依賴媽媽，讓媽媽好開心。因為媽媽深愛繼父。而他是繼父的寶貝兒子。」

「其他人不重要。沙季，妳怎麼想？」

「我……」

我迷惘了。這位教授如此可疑，我能把一切都告訴她嗎？更何況，這人是讀賣小姐的老師。如果說溜嘴，說不定會讓讀賣小姐知道——

我明明是這麼想的。

「我自己也不清楚。但是，我好像意識到了什麼……」

回過神時，我已經談起自己這三個月來的變化。

大致說完以後，我喝了口剩下的尼爾吉里。冷掉的紅茶似乎多了些苦澀。

「這樣子，算是愛情嗎……」

「嗯，原來如此。」

工藤副教授背靠沙發，閉著眼睛，略微抬起頭。

她抱胸沉思。只有右手食指不停敲著左臂。

「嗯。」

她睜開眼睛，望向窗外。

「可能是錯覺。」

然後冒出這麼一句。

……咦？

「這是……什麼意思？」

「如果這不是什麼愛情呢？」

「這……」

——這種事，有可能嗎？內心的煎熬，都是我的錯覺？

「唉呀，別急。試著一步步釐清吧。」

工藤副教授說著，在我眼前豎起右手食指。

然後，她開始針對我分析。

工藤副教授首先提到我的外表與內在。

「妳今天是穿制服過來。」

「因為學校交代我們這麼做。」

水星的校風以寬鬆聞名，但是參加校園開放日、就業相關活動時，學校會要求我們遵守服儀規定。

簡單來說，就是穿正式的套裝或制服，套裝基本上沒什麼人有，所以都是穿制服參加。

「我聽讀賣同學講過妳平常的穿著打扮。該怎麼說呢……妳好像都是穿戰鬥力比較高的衣服對吧？」

「嗯，對。」

這個人聽得懂「時尚＝戰鬥力」這種說法啊。我對真綾說這些，她始終沒辦法理解耶。

她似乎比較喜歡幫弟弟們換裝。

「雖然不曉得能不能二連擊或全體攻擊。」

「這個笑話很流行嗎？」

淺村同學好像也講過類似的。

「唉呀，別那麼凶嘛。我想，多數人只會覺得妳在趕流行吧。」

工藤副教授這番話，讓我想起昨天佐藤老師說的那些。她說她很擔心我打扮得太招搖。確實，周圍的人好像都以為我在澀谷玩很大。

我嫌麻煩所以沒有一一反駁就是了。

「不過，妳這身打扮是種表演對吧？」

「表演……」

「『妳是在向周圍的人強調自己跟得上流行吧？』的意思。」

「喔……」

聽她這麼一說，或許真是這樣。至少我沒有隱瞞的意思。

只顧念書而不會打扮——

雖然漂亮卻毫無內涵——

不想讓人家拿這些來批評我。兩邊我都不想認輸。

之前我也對淺村同學講過這些。我尊敬養育我的媽媽，但是很多人只看媽媽的外表和學歷就貼她標籤，認為她不值得尊敬。

我想讓這種人閉嘴。

「妳的外表，是刻意打造的。」

「的確。」

「至於妳的內在……明明才二年級，卻來參加前段國立大學的校園開放日，就能看出妳相當認真。」

「三方面談時人家建議的。」

「不不不，我要講的不是這個。如果妳是那種與外在形象相符的人，就算學校的老師給了建議，妳也不會來到這裡喔。」

是這樣嗎？總覺得……有些地方不太對。

「那就錯了。」

我一反駁，工藤副教授便「喔？」了一聲，露出很感興趣的表情。

「試著反駁我吧。」

「我並不想扮演『會玩的女生』，也沒有要強調自己很會玩。我只是要告訴周遭的人，我能夠做到適合自己的『可愛』或『漂亮』。」

就像媽媽一樣。

「喔，然後呢？」

「之所以來到這裡，也不是因為認真，而是展現自身『聰明』的一環。」

「意思是，妳會將自己來參加校園開放日這件事昭告天下？」

「不，我不會做這種事。然而，我認為來到這裡，可以讓自己的人生更美好。我要對我自己證明這一點。偷溜去玩或許沒人會發現，但是就算別人沒注意，我的行為我自己也會看在眼裡。」

我以堅定的口氣說完，工藤副教授盯著我的眼睛。

總覺得別開目光就輸了，所以我瞪回去。

對瞪了一段時間後，雙方不約而同地轉頭。工藤副教授喝光剩下的紅茶，接著站起身來。

「原來如此，妳想表達的意思是，看似矛盾的外表與內在，其實都是妳基於自身意志建立的。不過，也可以換一種說法喔？」

「什麼說法？」

「妳是『堅決不對他人示弱的那種人』。」

我吃了一驚。

「聽好嘍。妳剛剛講到一件很重要的事。對外界的宣示、對內在的行動，都是基於相同原理。關鍵字則是『不想輸』。」

我什麼也沒說，默默地等她說下去。

「妳隨時隨地都在戰鬥，而且是孤軍奮戰。外出是戰鬥、待在家裡也是戰鬥。不示弱、不言敗。然而，這種人最容易渴望愛情與認同，只要得到一點支持就會被馴化。」

「妳說馴化……」

我的腦袋裡，反覆播放小狗搖著尾巴撲向飼主的影片。

我是小狗啊？

至於飼主長得和淺村同學一樣這點，就先不管吧。

9月26日（星期六）　綾瀨沙季

「我做這些研究時，見過這種案例。」

「怎樣的案例？」

「『沒有血緣的兄妹或父女』這類突然必須和陌生人同居的案例。一直渴望得到異性認同的人，一旦與異性接觸的機會增加，容易產生近似於戀愛的感情。」

……意思是，我就是這種案例？

當下我的腦袋差點沸騰，我趕緊深呼吸要自己平靜下來。

「我要反駁。」

「請。」

「按照這個理論，來自異性的認同在成長途中不可或缺，一旦有所欠缺，就會因為一點小事，對異性抱有超出自然欲求之上的特殊感情——妳剛剛的說法，聽起來是這樣。」

「有什麼問題嗎？」

我將這句話解讀為「試著繼續說下去」。

「追根究柢，這個前提正確嗎？如果尚未證實，那麼我認為這個論點不適用於現代，因為這等於否定了同性婚姻與單親家庭的存在。另外，從歷史的觀點來看，人類成長途中身邊也不見得必定有異性。」

「舉例來說？」

「有句話說，男女七歲不同席。」

「嗯，的確有。雖然我覺得這句話已經過時了。」

「不過，古人是這麼想的吧？所以才會有某些機關存在，像是全住宿制的女子高中……還有**女子大學**等。」

「唉呀。」

應該成功反擊了吧。

「按照妳方才提出的理論，在這種環境下成長的人，只要與異性接觸的機會稍微增加，就會對該異性抱持戀愛感情，對不對？」

「嗯，然後呢然後呢？」

她好像很開心。

「方才已經說過了，請提出能夠佐證這論述的研究結果。要不然恐怕連思考這個問題都沒意義。真要說起來，這種論點等於否定了我的成長環境。」

被單親媽媽帶大所以成了好騙的女人——聽到這種話，我不可能默不作聲。

「生物的本能不見得會遵循理性行動呀？」

「我反倒認為理性就是為了讓本能服從社會而存在。」

「原來如此，也可以這麼看呢。然後呢？」

「『成長中沒有得到適當的異性認同就會導致戀愛感情失控』，這個說法如果沒有論據，也就只是一種主張。這種主張，說穿了就是把『孩子需要父母』這種過時的社會規範換個說法而已。我無法贊同。」

「妳認為這和現代的社會規範不一樣？」

「我相信兩者不同。」

「只靠相信解決不了問題喔。」

「不過，即使生物所需的環境有什麼萬一，一旦只重視順從本能的結果，就等於理性與智慧的敗北。為了達成目標，應該重新建立社會規範，如果直接沿用已經成為習慣的道德倫理，等於……呃，換句話說就是──沒先想清楚就講出『妳的孩子需要個父親』這種話，實在很愚蠢。」

我挑釁似的講完之後，站在沙發後方雙手撐在椅背上的工藤副教授大大點頭，開口說道：

「簡單來說，倫理學就是在思考這些事。」

——！

我頓時洩了氣。

原來是這麼回事嗎？

「證據、論據。要引用多少都做得到。只要引用生物學和心理學的論文，支持方才那個假說的研究要多少有多少——不過，終究只是一種廣範圍的……對，只是傾向，而且沒有提出能夠讓妳接受的答案。畢竟妳內心的問題，只適用於妳的情況。」

「……我有種被耍著玩的感覺。」

我就像水母和海參那樣癱在沙發上。然後我仰望天花板，嘆了口氣。

「讀賣前輩每天都在做這種事嗎……」

工藤副教授走回沙發前，一屁股坐下——名牌套裝都要弄皺了，令人在意——然後她說「倒也不是」。

「頂多每週兩三次吧。」

「……已經夠多了。」

我累了。真的好累。我想讓腦袋放空一星期。

「老師妳不累嗎……」

「累不累？這我就不清楚了。畢竟，我不擅長『不思考』。我一直在想這些事，除了睡覺時間以外……嗯，偶爾在夢中也會就是了。」

「妳不休息嗎？」

「沒辦法休息。我試過很多次，但是無論如何都做不到。要我停止思考，大概要等到我死吧。」

就像不游泳就會死的魚一樣。

原來如此，「只是以倫理學者的身分活著」這句話，我大概明白是什麼意思了。

「不過嘛，基於前述的討論，我還是有句老人言要給妳就是了。」

「這樣啊。」

「妳說妳喜歡那個淺村某某，但是追根究柢，妳也沒有試過去深入了解其他男生對吧？」

「唔……嗯。」

除了淺村同學以外我對男性的認識，頂多就是小時候對生父的模糊記憶，還有這三個月和繼父的相處吧。

「因為偶然地只有一個距離較近的異性，才會喜歡上他——妳能肯定不是這樣嗎？抱歉啦，這句話問得有點壞心眼。」

方才一連串互動下來，讓我對於這人居然會道歉感到十分意外。

「要問能不能肯定……當然沒辦法肯定就是了。」

「既然如此，趁著妳還年輕，試著多和各式各樣的人交流吧。這麼一來，或許會發現其他有吸引力的男生，讓妳可以不用這麼煩惱，對吧？」

「其他人嗎？」

「我沒有要妳另外交男朋友喔。我是說『交流』對吧？不管從哪個層面來看，視野狹隘都是理性與智慧的敵人。」

「這倒是沒錯……我同意。」

「妳也可以聽過就算了。這句話我不是以倫理學老師的身分說的，而是以人生前輩的立場給妳個建議。」

緊接著她又補充。

「只不過，如果和其他有吸引力的男生交流之後，自己的感情還是沒變，到時候妳就要好好珍惜這份真正的感情。」

9月26日（星期六）　綾瀨沙季

說著，工藤副教授站起身，向已經癱成水母的我伸出手。我瞄向牆上的時鐘，體驗課程差不多要開始了。

我抓住那隻手，站起身來。

「沒錯沒錯。就像這樣，表現得坦誠一點也很重要喔，沙季。」

「……可以請妳還是稱呼我綾瀨就好嗎？」

她露出非常遺憾的表情。

可能我的疲倦都寫在臉上了吧，迎接我的讀賣小姐顯得非常擔心，之後一直對我很溫柔，沒像平常那樣玩弄後輩。

校園開放日的倫理課很有趣。

因為主題是兄妹戀愛。

講師劈頭就告訴大家，倫理會隨時代改變。

她斬釘截鐵地表示，人們之所以沒辦法接受無血緣兄妹之間的戀情，不過是因為碰巧目前整個社會的倫理如此，與個人價值觀沒有關係。

她還說，社會倫理總是會在個人自由意志打破倫理之後，才隨之更新。

就是這樣的內容。

講課的人當然就是工藤副教授。

站在教室前方的她左右來回，在白板上寫下一個個關鍵字，講得口沫橫飛。

最後十分鐘是問答時間，但是沒人舉手。

工藤副教授帶著遺憾的神情離開。

其實如果還有力氣，我會想問幾個問題，但實在是太累了。

總有一天——我要在不遠的將來問她。

我覺得有這個機會。

先好好觀察淺村同學以外的人吧。

視野狹隘是理性與智慧的敵人——回家路上，我細細品味工藤副教授說的話。

我走向車站，清風則在背後推上一把。

這是一陣能感受到涼意的秋風。

9月26日（星期六）　綾瀨沙季

9月26日（星期六） 淺村悠太

我一吃完早餐就出門，騎著自行車在表參道上奔馳。

明明不到九點卻有一堆人，往旁邊的人行道一看，行人多到肩膀都要相碰了。

假日的表參道真不是人走的……我踩著踏板，暗笑自己的想法很有陰角風格。

夏日氣息逐漸從風中消逝。柏油路面被烤焦的氣味已經聞不到，肌膚曝曬在烈日下的感覺也不明顯。秋天即將來臨。

我在停車場將自行車停好，仰望補習班那棟建築。

改成只有週末來這裡之後，差不多一個月了吧。

從暑期班結束時的測驗成績看來，我有顯著的進步，所以想把握機會正式來這裡上課——我對父母這麼說明。

我沒有騙人。

不過，實際上我是想盡可能轉移注意力，甩開對於綾瀨同學的心意。儘管學費吃掉了不少打工酬勞，但是這也無可奈何。

而逃避現實做到極致似乎帶來很大的成果，我的學力似乎已經能考慮進更前面的大學就讀了。

這是日前三方面談時老師告訴我的。

踏入建築物之後，我暫時停下腳步。平常我會直接去聽課，不過今天有些別的想法，所以我看了看補習班的導覽圖，往另一個地點移動。

「自習室」。

我確認貼在門上的牌子。

之前都沒注意過，原來真的有這種教室呢。

我靜靜地開門。

排列整齊的桌子上設有隔板，避免打擾到其他人。只不過，在這裡念書的人算不上多。

嗯，可以理解。認為來補習班是為了聽講師授課並不奇怪，想要自習大概會去圖書館或咖啡廳。而且，應該也有像我這種根本不知道自習室存在的學生。

我在最後一排找到預期的那張臉。藤波summer sail同學……更正，夏帆同學。

正好那一排有空位。原來如此，最後一排因為後方沒有學生，所以更能集中精神是嗎？

突然抬起頭的藤波同學看見了我。我輕輕點頭示意，藤波同學則是無聲地用手指抵住嘴唇，彷彿在說「自習室嚴禁閒聊」。嗯，反正我本來就沒打算出聲。

我坐到最後一排，就這麼從書包拿出書本和文具。至於藤波同學，則是一句話也沒說（理所當然），無言地開始念書。

解題解一陣子之後，我明白自習室有多舒適了。

這裡有冷氣，加上左右隔板讓人只看得見自己手邊，所以更容易專心。而且周圍的人都在念書，自然而然會讓人振作。這一點比誰都能進的圖書館、咖啡廳要來得好。

我專心解題，回過神時已經中午了。

肚子小聲地叫了出來。仔細一看，周圍的學生也變少，看樣子是去吃午飯了。我將桌面收拾一下，起身準備去便利商店買午餐。

藤波同學也在差不多的時間起身，朝我走來。

儘管很疑惑，但是不能給周圍添麻煩，所以在走出房間之前我都沒有開口。

到了走廊，我便出聲詢問。

「藤波同學也是要去吃午飯？」

「對。還有……」

「嗯？」

「你特地坐到我這邊，所以我想你會不會有事要找我。」

「喔，呃——」

我倒也不是沒有這個意思。在模擬高爾夫球場遇到時，我就想過要找時間和她聊一聊。不過——

「其實也沒什麼重要的事……」

「喔，這樣啊。」

「……啊，既然要吃午飯，是不是動作快一點比較好？」

「我打算在便利商店解決。」

「我也是。」

「那麼，先去買點東西吧，可以在談話室吃喔。」

「這麼說來，那邊我也沒去過呢。那就去買吧。」

「好。」

根據藤波同學的說法，所謂談話室，其實就是每個學生都能利用的休息室，也可以在那裡吃東西。（不過，雖然可以喝飲料，但是有規定像拉麵、烏龍麵一類有湯汁的、氣味重的不行。）

嗯，大概就和打工地點的休息室差不多吧。

我們在補習班隔壁的便利商店買午餐。我買了鹹麵包和瓶裝茶，藤波同學把手伸向草莓飯糰又縮回，最後買了水果三明治和果菜汁。

我和藤波同學把午餐帶進談話室，沒多想就在同一張桌子旁坐下，然後一邊吃一邊聊。

話是這麼說，不過我雖然想和她聊，卻沒考慮過要聊哪些具體的內容。

所以，對話很快就陷入死胡同。

「真的沒什麼重要的事耶。」

她傻眼地這麼說，讓我有點沮喪。唉，的確。我也懷疑自己在做什麼。

「嗯，是啊。」

「我原本想用『呃，我是來補習班念書的，對這些沒興趣……』來拒絕你的。」

換句話說，藤波同學以為我是為了搭訕才接近她。

「不是那樣啦。只不過，先前和妳講了幾句話，讓我有點在意。」

「『我很在意妳』之類的，不是搭訕常用嗎？」

「……是這樣嗎？」

「是。」

「我的錯。如果讓妳不高興，我道歉。對不起。」

我真誠地低下頭。

「沒關係，反正看起來不是那檔事。總之呢，我已經不想再被人家當成那種女生了。」

「那種……是指？」

「就是好搭訕的女生。因為沒去學校，我容易被當成愛玩的女生。但令人想哭的是，這種看法其實也沒什麼錯。」

「沒去學校？啊，抱歉。要是讓妳不高興——」

「沒關係。正確說來，我是白天沒去學校。」

「白天？喔，換句話說，妳是讀定時制高中？」

「活動時間和全日制不一樣，不清楚的人會以為我沒上學。然後，淺村同學……定

時制、女生、深夜在電玩遊樂場出沒，聽到這些字眼，你會怎麼想？」

我好像在哪邊聽過這種問題。

「大概是『一個就讀定時制高中的女生在深夜來到電玩遊樂場』吧。」

她沒好氣地看著我。

「你這話是真的嗎？不會認為那個女生很特殊、行為舉止有什麼問題嗎？像是『既然深夜在外面玩，應該很好搭訕吧』之類的。」

原來如此。

所以她才會以為我也是來搭訕的嗎？

「抱歉。老實說，我身邊沒人讀定時制學校，所以對這個詞沒辦法有什麼既定印象。如果我講的話惹妳不高興，我願意道歉，不過，我從來沒有以那種眼光看妳。」

「嗯～這……如果是實話，代表你的看法很公正。這是件好事。」

「是嗎？真要說起來，我在意的地方其實是——」

雖然這也是種偏見。

「『原來藤波同學那麼喜歡高爾夫』這點吧。」

這句話一說出口，她便瞪大眼睛看著我。

「居然是這個啊？」

「很令人意外，而且一個女生這麼晚了還跑來模擬高爾夫球場，不是會令人在意嗎？」

「我倒也不是喜歡在那種時間去。上完班、上完課之後再去就會是那個時間。這是必然。」

「嗯，聽到是定時制以後，就能推測到這點了。」

定時制之所以產生，就是為了讓要工作的人也有受教育的機會。

所以就讀定時制高中的人，往往是在下班後才上課，下課時間必然也比較晚。一旦了解這些，就能明白她深夜造訪那種場所的理由。

只不過，她堅持要去那裡的動機還不清楚。

「因為家人喜歡高爾夫。我想，如果能一起打球，那些人應該會很開心……」

「喔？」

「雖然我家的家境現在沒那麼寬裕就是了。不過，他們好像是在大學的高爾夫社團認識的，而且現在還是很喜歡高爾夫。我在想，如果我把球技練好，說不定能和那些人一起打高爾夫。」

「原來如此。不錯啊。」

我出聲附和，但是她用「那些人」稱呼家人這點，讓我感到不太對勁。

八成是私人因素，所以我沒有針對這點多說什麼。

不過，從這麼近的距離觀察藤波同學，再次讓我明白她有多高。可能有一百八十公分吧？

明明是假日，身上卻看不見任何裝飾品，相當不起眼。用詞也彬彬有禮，雖然她說自己容易搭訕，但如果只是普通地聊天，說她是水星高中的好學生恐怕也會有人相信。聊上幾句就能知道她很聰明。

就在這時，我注意到她兩耳都有穿耳洞。

『我容易被當成愛玩的女生。但令人想哭的是，這種看法其實也沒什麼錯。』

穿好的耳洞什麼也沒戴，這點反倒令人感到突兀。或許有什麼理由吧。

「淺村同學，你對任何事都這麼公正嗎？」

「這就難說了。雖然我自認有對這方面多加注意……」

我之所以會想避免自己變得狹隘、傲慢、自戀，大概是因為讀了很多課外書。

「這樣啊。嗯，在我看來，你待人的確很公正。」

「謝謝。聽到妳這句話讓我很開心。」

聽到我這麼回答，藤波同學露出微笑。

「我啊，原本覺得在補習班不需要特地去和其他學生交談，不過和淺村同學聊天很愉快。」

「是……這樣嗎？」

「你明天也會來自習室嗎？」

「週末我是下午的課，上午應該能來就是了。」

「那麼，明天再一起吃午飯吧。」

她的口氣比先前親近了幾分。

「好。」

她收拾完垃圾站起身。

我也跟上去問道：

「啊，這麼說來，我有點在意。」

「咦……在意什麼？」

「便利商店的飯糰。沒有妳中意的口味嗎？」

我這麼一問，原本氣定神閒的她顯得有點慌。

「你看到了？」

「嗯，對。」

「啊～嗯。一開始我覺得飯糰也可以，不過你想想看，如果吃飯糰——」

會怎樣？

「海苔會沾到牙齒上對吧？所以，我放棄了。」

「啊～」

「那麼，明天見嘍！」

她逃跑似的走向自習室。

我目送她的背影離去，同時心想：上午在自習室念書、下午聽課，以效率來說或許不錯。

氣溫稍微緩和的傍晚。

9月26日（星期六）　淺村悠太

我再度騎上自行車，從補習班趕往打工的書店。

換上制服走進店裡後，店長便下達指示——店長要我今天和他一起站收銀台。真稀奇。

「讀賣小妹和綾瀨小妹都不在嘛。今天要麻煩你陪大叔敲收銀機，抱歉啦。」

「不會不會。話說回來，原來她們今天都沒排班啊？」

我知道綾瀨同學今天不在，但是連讀賣前輩也不在就不清楚了。

「這個嘛，讀賣小妹說學校有事。」

「學校？」

「說是校園開放日要幫忙。」

「原來是這樣啊。」

「她原本好像打算結束之後過來。我聽人家轉述的，她好像是說：『有個害人家精疲力盡的老師啦～所以，我已經沒力氣過去打工了～』」

店長，你不需要模仿人家說話吧。

讓讀賣前輩疲憊的老師嗎？該不會是上個月在鬆餅店看到的人吧？

這麼說來，綾瀨同學也說今天要參加校園開放日，居然在同一天，還真是罕見的巧合呢。不過說穿了，扣掉長假之後，能辦這種活動的日子也只有週末和國定假日，任何一所大學辦在這個日子應該都很正常。

店長口中的能幹員工同時缺席兩位，工作效率自然也就變差了。再加上結帳人潮洶湧，讓人完全沒空思考除了工作以外的事。

就這樣，我今天打工幾乎都忙著敲收銀機。

回到家，踏入起居室。我發現有人在。

不過，我原本還以為是老爸。

「你回來啦，哥哥。」

「……我回來了。咦？妳吃過晚飯了嗎？」

「還沒吃。哥哥也是吧？」

綾瀨同學一邊說著，一邊將味噌湯盛到碗裡。

我直接打開冰箱拿出沙拉，把沙拉連同沾醬一併擺到桌上。平常都會按照便條的指示這麼做，所以身體記得很清楚。再來是納豆，還有——

「我烤了秋刀魚。」

「那麼，就拿蘿蔔泥吧。」

9月26日（星期六）　淺村悠太

把蘿蔔磨成泥很花時間，所以今天用現成的。

「飯要多少？」

「可以幫我盛個一碗嗎？」

準備好兩人份的盤子和筷子之後，我詢問綾瀨同學。

「要喝什麼？」

「我覺得熱茶比較好。天氣也差不多轉涼了。」

「了解。」

我將茶葉放進茶壺裡，再從保溫瓶倒熱水。趁著蒸茶時，我又拿出了兩人份的茶杯。

「謝謝。」

「哪裡，一來飯是妳做的，二來妳去了校園開放日吧？應該很累才對。」

「我覺得還比不上打工。」

準備完畢之後，我們說了聲開動，這才吃起遲來的晚餐。

我們不約而同地談起今天發生的事。

我提起補習班的事。

得知有個先前沒注意到的「自習室」，還有在那裡念書似乎很容易有進展。

「喔？原來補習班還有那種地方。」

「綾瀨同學去過補習班嗎？」

「沒有，有點貴。」

然後是綾瀨同學講起這次校園開放日的體驗。

「咦，讀賣前輩真的在那裡？」

綾瀨同學點頭。

「不過，『真的』是什麼意思？」

「聽店長說的，他說讀賣前輩要幫忙校園開放日所以沒排班。對照之後，我才發現妳們沒排班的理由一樣。」

「喔。所以才……」

「然後呢，大學的氣氛如何？」

「精疲力盡。」

「咦？」

「啊，嗯。不是啦。校園開放日本身很有趣，讓我稍微了解到，大學都在學些什

麼。說是學……好像又不太一樣。」

「這是什麼意思？」

學校不就是讓人學習的地方嗎？

「嗯，話是這麼說沒錯……該怎麼講呢？我覺得，與其說是學習的地方，不如說比較像『思考的地方』。而且，不是聽人家講了才去想，而是從自己找到要思考的事物開始，大概是這種感覺。」

說句實話，綾瀨同學講的這些，我沒辦法說自己立刻就能了解。

雖然不知道我所認識的「學校」和綾瀨同學今天見識到的「大學」有何差異，但是兩者之間似乎有明確的不同。

「還有，那邊有個很怪的老師。」

「怪？」

「我只能這麼形容……不過，我有和她稍微爭論了一下就是了。」

咦，綾瀨同學居然和初次見面的人爭論？

這讓我發自內心感到驚訝。

我一直以為，綾瀨同學雖然隨時都在和世間的不講理戰鬥，卻不是會當面與對方爭辯的人。

「我當時很激動，結束之後簡直累癱了。」

「不過……很開心？」

聽到我這句話，綾瀨同學瞪大眼睛，顯得很吃驚。

「咦？啊，嗯。是……這樣沒錯。看得出來？」

「因為妳嘴上說很累，看起來卻很開心。」

「……這樣啊。看得出來啊？」

她別過頭去，輕聲嘀咕。

「想去讀月之宮了嗎？」

「不曉得考不考得上……不過，我確實有點想努力試試看了。」

這樣啊，那就好。

綾瀨同學挑戰新事物，遇上引起她興趣的對象了呢。她有了新邂逅。不過嘛，在我所不知道的地方、對方又是我不認識的人，要說不在意是騙人的。

「那麼，淺……哥哥你之後也會去自習室？」

「這個嘛……大概吧。我已經跟人家約好明天也要去了。」

9月26日（星期六）　淺村悠太

「約好？」

「嗯？喔，就是告訴我有自習室的人啦。對方明天也會去，所以我們會一起吃午飯。」

「原來是這樣啊。太好了，哥哥。」

太好了——沒錯，這應該是好事才對。

就像綾瀨同學有了讓她想要上大學的邂逅，就像我在補習班找到了聊天對象，我們各自都有了新交流。

這才是正常的相處方式。

「明天我沒辦法做晚飯。」

綾瀨同學說，明天星期日，她要和班上同學開讀書會。

「知道了。嗯，明天我也有事……那就各自拿調理包打發吧。」

我明天還要去補習班，打工也有排班。

彼此明天各有行程，行動沒有交集。

我們漸漸接近一般的十七歲兄妹了。

9月27日（星期日）　淺村悠太

簡直就像夏季最後的**掙扎**一樣。

太陽出來之後氣溫不斷攀升，當我抵達補習班時，差不多已經要三十度了。

我逃進補習班所在的建築。

入口的自動門關上後，外界熱浪遭到隔絕，呼吸輕鬆不少。我嘆息似的喘了口氣，邁開步伐向前進。

然後打開「自習室」那塊牌子下方的門。

抵達的時間和昨天幾乎一樣，房間裡卻有不少人。

我東張西望，看見藤波同學坐在和昨天一樣的位置。幸好她旁邊的座位空著，於是我在那裡坐下。她早已攤開教科書和筆記本念自己的書。

我沒出聲搭話，默默拿出筆記本和問題集，決定專心對付期末考分數最差的物理問題。

物理期末考，我拿到70分。

所以，並不是沒搞懂老師在課堂上講解的內容——至少我這麼認為。因為分數代表「假如考試題目設計上沒什麼差錯，我大約能夠理解七成」。

只不過，我真的不擅長實際列式計算。

高中所教的物理現象大多能在書中讀到，所以上課講到之前，我的腦袋裡已經先有個底。

只有計算，如果不自己動手處理數字，就無法增進解題速度。

那麼……嗯，回答「置於光滑斜面上的物體所受的加速度大小」嗎？

首先要看清楚題目。不止物理，可以說解答任何考題都適用這條原則。

好比說，這個看起來沒有深意的「光滑斜面」。

這個詞意味著「可以不需要考慮摩擦的斜面」。

現實世界中擺在坡道上的紙箱之所以不會經常滑動，是因為紙箱與地面會產生摩擦。不過高中的物理問題很少處理這種現實狀況。

我突然有個念頭——換成大學會怎麼樣？昨天和綾瀨同學的對話閃過腦海。

『不是聽人家講了才去想，而是從自己找到要思考的事物開始，大概是這種感覺。』

換句話說，一旦進了大學，就要自己設計問題讓自己解答？

像是「如果斜面有摩擦會怎麼樣」、「如果斜面所在的場所不是地球會怎麼樣」之類的。這麼一想，總覺得好像很有意思。

這麼說來，有在科幻小說裡看過呢。像是「因為在月面所以重力較小，導致滑落肌膚的水滴比地球來得慢」。若是這樣，動畫要描繪月面的淋浴場景感覺會很麻煩耶。

……加速度嗎？加速度啊。呃——

鉛筆在筆記本上奔走，發出喀哩喀哩的聲響。隔壁也隱約傳來翻頁聲。我這邊每解完一頁題目將問題集翻頁，隔壁便也像較勁一樣跟著翻頁。讓人有種奇妙的連帶感，難以言喻。

我就在藤波同學旁邊不斷解題。

喀噠一聲傳來，我抬起頭，發現藤波同學站起身看著我。

她沒有說話，拿起包包指向通往走廊的門。

咦，中午了？

我連忙看手機時鐘，已經過了十二點。似乎是我將心思都放在解題上頭，沒注意到

9月27日（星期日）　淺村悠太

已經是午休時間。

到了走廊上，藤波同學對我說：

「今天就別去便利商店，到家庭餐廳如何？」

「家庭餐廳？」

「我知道一家對錢包很友善的店，怎麼樣？」

「原來如此。」

偶爾外食或許也不錯。

「那就這樣吧。」

一踏出建築，熱浪再度來襲。

「好熱啊。」

「這個嘛，畢竟秋天即將到來。殘暑也差不多要結束了。」

我們就在聊著天氣時抵達了家庭餐廳。確實就和藤波同學講的一樣，是一間連學生也常來的連鎖義大利餐廳，價格合理，對錢包很友善。

我們進了有冷氣的店裡，被帶到能看見街道的窗邊座位，面對面而坐。

時間不算充裕，我們很快就點了餐。

我點了奶油培根麵，她點了蒜香辣椒麵。

「我喜歡在辣的東西上面淋很多橄欖油。」

「我雖然也喜歡吃辣……不過今天有點用腦過度，肚子很餓。」

「畢竟你剛剛都沒發現呢。」

「咦？」

「我剛剛在旁邊看了一陣子……一直在等你注意到喔。」

原來是這樣啊。

本來以為是因為聽到椅子聲響才注意到的，說不定是我感覺到她在看。

「明明叫我一下就行了。」

「不能給其他人添麻煩嘛。」

「這麼說來，為什麼今天選擇家庭餐廳？」

「我看著看著突然有點在意，或者該說想和你好好談一下。畢竟在談話室會有很多人看見嘛。啊，我去倒水。這裡是自助式。」

「我去吧。」

9月27日（星期日）　淺村悠太

「不，你坐著就好。」

「自己的份該自己來。」

差點變成你爭我搶，最後是兩個人一起去。

我們拿了水和濕紙巾後回到座位。

不久後，麵端上來了。

藤波同學拿來店內提供的橄欖油，倒了很多在麵上；接著拿起外型是小號研磨器的胡椒瓶，邊磨邊撒。然後用叉子捲麵，就這麼吸了起來。

感覺很熟練。她常來這家店嗎？

話又說回來，藤波同學在我身上看見什麼令她在意的地方？我做了什麼奇妙的舉動嗎？

啊，對喔。我也得努力做點新的交流才行。

「話說，藤波同學妳平常會看書嗎？」

「課外書嗎？這個嘛，不排斥。」

微妙的回答。

「這是……不會主動去看的意思？」

「嗯。不，不是那個意思。算是喜歡的那方喔。在眾多娛樂裡，課外書是性價比最高的選擇。之前應該也有提過，我沒什麼錢，不太能選擇昂貴的娛樂。」

「原來如此……」

「那個高爾夫球場，如果是平日夜晚去，花上兩本文庫本的錢就能盡情練習，我覺得很划算。」

如果把球練好，還能讓家人高興。

「淺村同學都看些怎樣的書啊？」

「呃……嗯，我應該算是什麼都看的人吧。從大眾文學到海外作品都看，不會特別挑食。科幻小說和輕小說也會看。」

「輕小說？那不是特定類型吧？」

我不禁笑了。她居然明白這點。

「這個嘛，的確。畢竟裡面有科幻、有推理、有青春校園、也有戰爭，運動題材也有……確實不算特定類型呢。據說在我們出生以前，人家稱呼這種作品為Juvenile小說。」

「是這樣嗎？」

「Juvenile似乎是『以少年少女為對象』的意思。」

換句話說，只要是以年輕人為對象，什麼都能歸類為Juvenile。而輕小說呢，聽說是「對於年輕人來說容易閱讀、負擔比較輕的小說」的意思。雖然好像有很多種說法。

「既然喜歡科幻，代表你物理很好？」

「應該算不上好……倒不如說是分數比較低的那一邊。」

「是這樣嗎？你上午解的問題集是物理對吧？能夠用那種速度解題，我還以為你很擅長物理。」

我很驚訝。她居然觀察得這麼清楚。

「這個嘛，算是喜歡吧。」

「最近有讀什麼有趣的小說嗎？」

稍微想了一下之後，我談起最近迷上的科幻小說。某部全球暢銷作品的翻譯版，據說美國前總統也讀過。不過嘛，誰讀過和自己覺得有不有趣是兩回事。作中對於外星文明的描寫既奇妙又刺激……讓人很期待後續發展。

「我在書店見過。不過，那是硬皮書，實在買不下手……」

「的確。這麼說也對。」

我是在讀賣前輩的建議下看的。要不是這樣，對於高中生來說，就算有打工收入負擔還是太重。

「沒有輕鬆一點的嗎？」

「最近有電影上映的如何？那個有出文庫本，講一隻尋找夏天的貓。」

「啊，有。那個我讀了，記得本來是海外的科幻經典作品對吧？如果是那種的話，我也看得懂。貓好可愛。電影我只有看過預告片，貓好可愛。」

說了兩次。她是不是喜歡貓啊？

「說到貓，也有關於貓失蹤的故事呢。」

「的確有呢……」

一時之間，我們都在聊些有提到貓的書。

這麼說來，印象中讀賣前輩喜歡推理作品，還推薦過一部由貓當偵探的小說。我試著提起這部作品。藤波同學問：「有趣嗎？」我回答：「試讀過，很有趣喔。」

一隻比人類還聰明的貓，彷彿要開導無法解決案子而迷惘的人類一樣，快刀斬亂麻般地解決了案子，不可能不有趣。我這麼告訴藤波同學之後，似乎有引起她的興趣。

閱讀方面的興趣投合，對事物的觀點也很類似，和她聊天就像和綾瀨同學談話一樣愜意。

新交流也不壞呢——這麼想的我，不經意地望向窗外。

綾瀨同學就在外面。

她似乎在躲陽光，站在便利商店前和一個男生聊得很開心。

她為什麼會在這裡？

還有，旁邊那個男生。那個人——是誰？

我忍不住別開目光。儘管站在遠處難以辨識，不過我好像見過那個男的。

記得綾瀨同學說過，她今天要參加讀書會。她在做什麼？為什麼只有兩個人？其他同學呢？

「唉……」

我注意到嘆氣聲，抬起頭來。

「啊……抱歉。妳剛剛說什麼？」

「不，我剛剛什麼也沒說喔。」

唔……這下子尷尬了。

我又不能告訴人家，自己的注意力是被窗外的綾瀨同學吸走。

「這樣啊。啊，呃……」

「不用勉強找話題沒關係。畢竟我所在意的，也就是這點。在高爾夫球場提到自習室的確實是我，但是你昨天來的時候——」

有那麼一瞬間，她露出欲言又止的猶豫神情。

「——一臉像是在逃避什麼的表情。」

像是在逃避……

聽到藤波同學這句話，我的心臟頓時揪緊。

「看起來像是那樣嗎？」

「嗯。」

藤波同學看我的眼神似乎變了。

那雙帶了點茶色的黑眸，彷彿看進我的心底。有種照X光或核磁共振的感覺。

「你當時的表情，對我來說十分熟悉，因此有點在意。你有好好念書，看得出你個性認真，所以不是搭訕。這麼一來，大概是在找個逃避的對象吧。」

「是……這樣嗎？」

我原本沒有要逃避的意思。但是她這一說，我就有了無法否認的自覺。

向前邁進尋求新交流——照理說我已經這麼做了，實際上卻是邊跑邊回頭看。

若是這樣，對她而言或許相當冒犯。

因為我將藤波同學當成逃避的方向。

「對不起。」

「不用道歉。一來你還沒做出什麼壞事，二來我明白你的心情。」

明白我的心情，又是什麼意思呢？

「我也有為了逃避現實而向他人索求的經驗……啊，不好意思，最後可以讓我加點個布丁嗎？這裡的布丁非常好吃。」

說著，她操作起點餐用的平板。

「這是我唯一的享受。微薄收入所能選擇的少數奢侈行為。其實我午餐也想帶便當的，不過考慮到工作的疲憊，確保充足睡眠也很重要。堅持在外面吃比較不會造成負擔。」

我原本要問「是指誰的負擔」，但是我想起來了。

就是昨天講的。

問藤波同學為什麼練習高爾夫時，印象中她回答「想和家人一起打球」。當時她用

「那些人」稱呼應該是自己雙親的人。我當時覺得不太對勁，所以還記得。

「那些人」這種有點疏遠的稱呼，會讓人感受到藤波同學與雙親之間的距離。然而，那絕對不是排斥。該怎麼說呢……顧慮？有點像是這樣……

想到這裡，就讓我覺得這跟我對亞季子小姐的感受很像。

她口中的「那些人」，是不是只要說一聲，即使勉強自己也會為她做便當的人？就像亞季子小姐不辭辛勞也要出席我和綾瀨同學的三方面談一樣。然後，藤波同學不希望讓她的家人那樣，自己卻又沒空做便當。

於是她告訴家人，自己會在外面吃，不用做沒關係。所以才會如此熟悉這間常有學生光顧的連鎖餐廳。

藤波同學挖了一匙端上來的布丁放進嘴裡，像貓一樣瞇起眼睛。

高大的她，唯有這時看起來像隻小貓。

「嗯～幸福的味道。只要半個銅板就能吃到喔。」

堅持性價比似乎是藤波同學的風格。

吃完之後，藤波同學重新坐好。

「好，回歸正題，你的煩惱該不會和戀愛有關？」

她問話時盯著我看，沒辦法蒙混過關。

「為什麼——」

「會這麼想，是嗎？逃避對象是女生，所以我猜是這樣。想想看，這種情況不是很常見嗎？為了逃避痛苦的戀情，於是尋找下一段戀情——諸如此類的。」

「這不就和搭訕沒兩樣嗎？」

「對，如果有自覺就是搭訕了。不過有自覺是在逃避的人，其實很少喔。因為發現自己是在逃避，會讓人更沮喪。不過嘛，讓人家這樣諄諄教誨之後，再怎麼樣都該有自覺就是了。」

見到她露出微笑，我內心產生的激盪比遭受責備引起的愧疚更為強烈。

「因為，我並不溫柔。」

綾瀨同學和他人相處時，總是顯得十分冷靜，但是藤波同學在這方面則是更上一層樓。

綾瀨同學的平淡，我覺得和自己有共通之處。

源自不期待他人——講得更清楚一點，是不期待異性。排斥將自己的主張強加在對方身上，而且不迎合對方。

初次見面時，綾瀨同學講了一些像在刺探我人格特質的話，我則是全盤否認。當時她沒生氣而是輕笑帶過，所以我能理解是怎麼回事。啊，她和我是同類。

不過，眼前藤波同學的微笑不一樣。

她是在譴責我。

「……說穿了，我喜歡上的對象，是我不該喜歡上的人。」

「這是慣例了呢。」

「妳還真是不客氣。」

「因為你看起來不希望我太客氣。」

我不禁捏捏自己的臉頰。真的假的？

啊，不過果然是這樣。藤波同學在譴責我。她在呵斥我。

她的表情，就像外科醫生對患者下刀時一樣。你的錯誤在這裡，所以要把這裡切除——宛如這種感覺吧。

……呃，雖然醫生動手術時的表情我只在戲劇裡見過，但我總覺得那些絕對不會失手的外科醫生就是這種表情。

「如果我貫徹自己的任性，多半會讓家人不幸。其實我非得忘記不可。但是，看樣子我想忘也忘不了……」

人家明明連問都沒問，我卻連這些都說了。

「病得不輕呢。」

我只能苦笑。

確實病得不輕。

藤波同學抱胸盯著我看，「嗯～」地沉吟了一會兒。

「今天補習班下課之後，有空嗎？」

「我排了打工。」

「那麼，打工結束後碰個面吧。」

「可以是可以……能問為什麼嗎？」

「和我去夜遊吧。陪我一下。」

老實說，我才和讀賣前輩出去玩過，冒出「連續夜遊也不太好耶」的念頭也是難免。

然而就在我想拒絕時，腦中卻浮現方才綾瀨同學和疑似班上同學的男生對話那一幕。胸口產生的鬱悶攀上咽喉，堵住我的嘴。

9月27日（星期日）　淺村悠太

「如果需要藉口……這樣吧。就當成拿我逃避現實的補償，怎麼樣？」

「……妳這麼一說，讓我沒辦法拒絕呢。」

「那就說定啦。」

我們交換LINE的ID，回到補習班。

打工結束時，已經過了晚上九點。

即使如此，澀谷街頭還是處處熱鬧。路燈閃亮、人影舞動。

我和藤波同學約的地方——不是知名景點八公前，而是交叉路口對面，我打工那間書店的出口。

「久等了。」

我們中間一邊傳LINE一邊商量地點和時間，所以應該沒讓她等太久才對。

「我也是剛到。」

「所以，究竟要去哪裡？」

「喔，別急。夜晚很長。」

「我可沒打算熬夜喔。」

我擔心地說道。看見藤波同學噗嗤一笑，才知道她在調侃我。

「話說回來，原來淺村同學你打工的地方，就是這裡的書店啊？」

「啊，嗯。其實就是這樣。藤波同學常來光顧對吧？」

「是啊是啊。什麼嘛，早點說不就好了？」

我雖然沒打算隱瞞，不過那時候距離還沒有近到能坦誠自己的狀況。

「我常在上工前過來。換句話說，就是剛開店的時候。」

「啊，難怪明明應該是常客，我卻沒見過妳。」

不可能碰到。那個時段，我還在學校。

「總之先在街上轉一轉吧？唉呀，不會去什麼危險的地方，不用那麼提防沒關係喔。」

「感激不盡。我也對自己的本事沒什麼自信。」

「誠實是好事。」

說著，藤波同學便邁開步伐領著我前行。

從中央街走回澀谷站。

藤波夏帆帶來的夜澀谷導覽，就此開始。

「對於淺村同學這種健全的高中男生來說，卡拉ＯＫ應該是例行節目吧。」

去卡拉ＯＫ算是健全嗎？

那麼，世上那些不健全的高中男生又是去哪裡呢？

「嗯～我很少去卡拉ＯＫ耶……」

頂多就是每三個月陪丸去一趟吧。至於為什麼是三個月，則是因為丸說他想複習當季動畫的主題曲。

那些歌他都已經會唱，去卡拉ＯＫ是為了向我確認自己有沒有記熟。實際上，丸意外地唱得很好，而且中氣十足。不愧是棒球社的捕手，很習慣出聲。

「是個好學生呢。要不然，那種地方怎麼樣？去過嗎？」

藤波同學仰望著貫穿黑夜聳立的光之大樓，這麼問道。

鐵路另一邊。

「保齡球館？」

「不止。應該說是綜合娛樂設施吧。保齡球、撞球、卡拉ＯＫ，連桌球和電玩遊樂場都有。」

到了那邊一看，發現是一棟不斷有人進出的大樓，充滿活力。

就算有路過也沒有進去玩過。我重新仰望這棟大樓，不禁有個念頭。

「好大啊……」

「很健全就是了。順帶一提，保齡球和撞球以前好像是成人娛樂喔。保齡球好像是70年代的流行，撞球則是80年代。」

「慢著，呃……」

我在腦中整理年代。

「距今已經半個世紀了耶？那些在流行時玩過的人，年紀已經比我老爸還要大了吧？」

「我想也是。在二十一世紀才出生的我們看來，已經是祖父母的時代了。這裡到隔天早上首班車的時間都還開著，錯過末班車的時候也可以來。」

也就是說，她曾經因為錯過末班車而待在這裡玩吧？

「我會記住的。」

雖然我從澀谷回家不是徒步就是騎自行車，和末班車無關。

我們回過頭再次往車站移動，繞著澀谷HIKARIE走。

時間是九點二十七分。

9月27日（星期日）　淺村悠太

迴轉壽司店和咖哩店都還精力充沛地開著，客人絡繹不絕。

老爸再婚、家裡有亞季子小姐和綾瀨同學等待之前，我也會在這一帶吃過晚飯才回去。

就這點來說眼前景色算得上熟悉，但是藤波同學總會在這片眼熟風景裡指出一些我從來沒進去過的店。

「雖然淺村同學還是高中生，不能進酒吧或俱樂部，只能從外面看……」

「藤波同學年紀和我差不多吧？」

「就算年紀一樣，經驗值也不見得一樣喔，淺村同學。」

沒想到，會在現實中聽到這種像是經歷過好幾次人生的故事主角台詞。

「差不多的意思。」

繞著車站走了一段（大概是從澀谷站東口出發經過南口的感覺），藤波同學沒有走向比較大的玉川街，而是朝小路走去。

「住在澀谷容易忘記夜晚的寂靜，對吧。去了比較偏遠的地方，到晚上七點連鬧區都暗下來的城鎮也不少。」

「妳去過？」

「有些時候，會突然想去些沒人認識自己的地方，你不曾有過這種念頭嗎？」

這種心理，我倒也不是不懂。

說到採取行動的話，我頂多只有在深夜的公園踢過空罐。而且，我還是那種發洩完畢就會把空罐丟進販賣機旁垃圾桶的小市民。

「這樣不是什麼壞事，我覺得你可以對自己有信心一點。」

「單純是沒膽量吧？」

「就算有違反善良風俗的膽量，對人生也沒什麼幫助。啊，就是這裡。既然你喜歡書，認識這樣的店應該不壞喔。」

藤波同學指著一棟平凡大廈的三樓。

「這裡是什麼地方？」

「圖書室。」

「啊？」

「名義上是這樣，說穿了就是喝酒的地方。可以一邊看書一邊喝酒，提供愛書也愛酒的人一個休息場所。等成年之後再來看看吧。」

「……我再問一次，藤波同學妳也還沒成年對吧？」

「當然。我也只是知道有這種地方喔？」

就算是這樣，對於夜遊地點也未免太清楚了吧？我不禁這麼想。

只不過，藤波同學也沒有真的走進任何一間她帶我認識的店。這點當然是讓我鬆了口氣（真要說起來，她告訴我的這些店看起來都很貴，我實在不覺得我這個高中生付得起），然而，我猜不透她一直在鬧街穿梭的意圖是什麼。

我們漫步在夜晚的澀谷街頭。

她說夜遊，所以我原以為是要去哪裡玩，結果只是走過一個又一個地點，沒有在任一處停留。

只不過，儘管什麼也沒做，但是光在澀谷街頭走，就能觀察到各式各樣的人，這點相當有意思。像是「居然還有這樣的店啊」之類的。

我們就像魚兒，在五光十色的海洋中洄游。

雖然走過的範圍都是鬧區，卻不代表每個地方的治安都很好。

光是走路，就會讓人神經緊繃。

藤波同學氣定神閒、腳步飛快。不過一旦走進暗巷，就可能碰上令人心跳加速的狀況。

大街上也看得到那種景象。

不管怎麼看年紀都和我差不多的女生，勾著年紀與老爸相當的男子手臂。她顯然還沒成年，卻因為酒意而臉頰通紅，還口齒不清地撒嬌。

鬆開領帶的上班族豪爽地在路邊躺成大字形，還看得見成年女性蹲在地上吐。

「是不是覺得糟糕透頂？然而就算是這些人，披上另一張皮後一樣很正經。」

「嗯，我想也是。我老爸也曾經在外面喝了酒才回家。」

她這麼一說，我就想起來了。老爸也說過，他和亞季子小姐相識，就是因為被上司帶去喝酒後醉倒。

藤波同學輕聲說道：

「走進澀谷的暗巷，眼前所見都是一些不同世界的人。不過，我有時候會想，所謂的對錯，到底是什麼？」

「嗯，但就算是這樣，我還是覺得爸爸活（註：指年輕女性透過與男性一起用餐等活動，藉此獲得金錢或物質利益）不能恭維。」

當然，並不是媽媽活就可以的意思。

9月27日（星期日）　淺村悠太

「不過，也有些人只能用這種方式活下去。我自己中學時——」

她瞄向一條小巷，有個女生悄悄走了進去。

「——就待在那些爛人的正中間。雖然我現在這麼正經，白天會去一般公司上班，晚上則到定時制高中上課。」

「呃……」

世界突然傾斜了。

換句話說，她想讓我看的，並不是晚上的觀光景點，而是那些漫無目的、選擇在五彩繽紛夜澀谷洄游的人。

「他們知道自己不在『一般』、『普通』的範圍之內，可是說穿了，無論是怎樣的人、從哪一面來看，差異都只在於『當時身處怎樣的環境』，根本沒有所謂絕對的正確……」

我能夠理解她想講什麼。

不懂的是——

「為什麼要對我說這些？」

「看見你，就像看見以前的自己，讓我有點不爽。」

「我像以前的藤波同學？」

「就像那些人喔。」

說著她就指向某些人，我試著仔細觀察。

滿臉通紅、腳步蹣跚的成年人。身穿原色法被宣傳店家的青年。露肩挺胸發傳單的女子。

「你是在對他人——應該說，對女性不抱期待的狀態下成長，對吧？」

我嚇了一跳。

「公正地看待事物。這或許是你的長處，但考量到讓你變成這樣的理由之後，應該也會是你的弱點。」

「弱點……」

「我問過你了吧。定時制、女生、深夜在電玩遊樂場出沒，聽到這些字眼會怎麼想？」

「我記得。」

「當時，你只是老實地照字面上解讀。這可以看成優點，表示你看待事物不會有偏見。不過，若要推測為什麼會具備這種觀點——」

說到這裡，藤波同學吸了口氣，就像要思考該怎麼說似的暫且停頓。她看著前方的路，沒有放慢腳步也沒有看我，逕自開口。

「則是因為你在對女性不抱期待的狀態下成長。」

這句話，讓好久以前的兒時記憶閃過腦海。如今已不再打開的相本，裡頭不管怎麼找都看不見面帶笑容的母親。

藤波同學說，我之所以有公正的感性，想必是因為看著差勁的人長大。而且，那人多半是個差勁的女性。

她也有過那樣的時期，所以能夠明白。

「以我的情況來說，沒分什麼男女，真要說起來每個人都很差勁。」

接著，藤波同學輕描淡寫地談起她的過去。

剛進中學時。

雙親同時意外身亡。

照理說，那該是一樁令人同情的案件。然而落在她身上的，卻是周遭的冰冷目光和話語。

她父母的婚姻似乎遭到所有親戚反對，就連在葬禮上，她也沒聽到一句惋惜，都是些「自作自受」之類的怨言。

而且雙親去世之後，撫養她的叔母對她沒有半點關愛，每天都在取笑藤波同學的雙親。當然不是直接講，而是拐彎抹角、意有所指。

「真過分……」

「嗯，碰到這種事，你不覺得學壞很正常嗎？」

除了默默點頭之外，我什麼也做不到……

「所以嘍，我學壞了。只不過，當時我對叔母的感想並不是『憤怒』，而是認命地覺得『這也沒辦法』。」

這就是對他人失去一切期待的開端——她說道。

從此以後，她就像要反抗叔母一樣，不斷離家出走、夜遊，過著荒唐生活。

可能出於精神方面的理由吧，她的身體狀況不太穩定，還經常蹺課。

我也有類似的經歷。儘管沒她那麼誇張，但是，母親也沒有給過我任何東西。

我走在她身旁，一點一點地講起自己的事。雖然接在她的獨白之後，我這些話可能相形失色。

不知不覺間，我們已經繞了澀谷一圈，回到道玄坂。

9月27日（星期日）　淺村悠太

差不多要換日的時間了。

藤波同學雙手插在口袋裡，仰望天空。

個子比我還高的她佇立原地，路上行人一個又一個回頭看向她，接著又嘆口氣走自己的路。其中也有些人，明確地對我感到驚訝。雖然並不是我在深夜帶人家亂晃，我才是被帶著到處跑的那個人。

「啊～好可惜。」

「可惜？」

「今天好像是中秋喔。」

聽她這麼一說，我也跟著看向天空。薄薄雲層彼端，一輪光明隱約可見。原來如此，滿月在那裡啊。

和綾瀨同學從澀谷走回自家公寓的那個夜晚，月亮也高掛空中。

「接下來月亮會愈爬愈高呢。」

「是這樣嗎？」

「夏季的太陽會升到高處，月亮會劃出較為低矮的軌跡——雖然是指滿月的情況下。冬天則剛好相反。冬天的月亮會攀上高處。以這個時期來說，正巧是位於低處的月亮開始以冬季為目標往上爬的時候。」

「真不愧是喜歡物理的人呢。」

「硬要說的話，這應該算是天文知識吧。不過我的確喜歡就是了。」

原先仰望天空的藤波同學，直直盯著我看。雖然我不明白她為何如此關心我。

「淺村同學說自己對女性沒有期待，不過那多半是假的。」

「我說的都是——」

「都是真的，對吧？我原本也這麼想。」

藤波同學打斷我，繼續說下去。

「在阿姨告訴我之前，我自己也不知道那都是假的。那是在自欺欺人。」

「妳說阿姨……」

「就是我現在的家人。不是叔母——我被人家領養了。」

據說是一再夜遊的她，引起某位疑似非法風俗店當家的女性注意。對方非常會照顧人，一直致力於保護脫離社會框架的少女，避免她們身陷犯罪漩渦。大概是聽到藤波同學的複雜家庭環境，覺得放不下她吧。

和包含叔母在內的藤波家親戚、專家再三商量後，那位女性收養了藤波同學。

然後，開始共同生活的那一天，那位女性似乎這麼說了。

「她說，『妳啊，還是跟自己的心溝通一下比較好喔』。」

「溝通？」

「該說是妥協呢，還是磨合呢？就是要我正視自己的心情吧。對叔母沒有任何期待、自己並沒有生氣、會這樣也是難免……這些想法，是真的嗎？」

之所以背靠著路燈說這些，會不會是因為，她如果背後沒有東西支撐就站不起來呢……這種念頭閃過我的腦海。

「其實妳很想期待他們吧？妳覺得遭到背叛，感到憤怒吧——聽到她這麼講，我當場頂回去，說沒這回事。」

「……然後呢？」

「她毫不留情地說：『那妳為什麼要當不良少女？』就在這個瞬間，不知為什麼，我的眼淚掉了下來。印象中，我好像哭了一整晚。」

路燈閃了幾下後熄滅，或許是壽命已到。話說回來，大概是巧合吧，此時雲層正好散去，月亮高掛空中。

一輪美麗的秋月。

「淺村同學，你是不是也在壓抑自己的心情，想強行抹煞它呢？」

一時之間，我無言以對。

澀谷的光亮都是人工產生、是人類點的燈火，因此照亮藤波同學臉龐的光線，無疑是來自對街櫥窗，我卻覺得是頭上的月亮照耀著她。

「因為……我的心意不能坦白啊……沒錯吧？」

「心意這種東西啊，如果壓下去會自己消失就好了。雙親去世之後……五年吧。直到那一晚我才發現，原以為消逝的『心意』，到頭來一直都在推著我走。」

「五年……」

「這種東西，不會消失的。從那一晚起，我離開叔母家裡，和現在撫養我的阿姨同住，身體狀況就此穩定下來，彷彿先前那些異狀都是假的，這時候我才有所自覺。啊，我根本沒有原諒叔母和親戚。我非常介意那些事。」

雲層再次遮蔽月亮，只剩街上燈光照耀藤波同學的臉。

「『不用有色眼光看人』這項優點，我覺得難能可貴喔。但是，公正地看待他人和

對他人不抱期待是兩回事。因為，我們是人類，無論如何都會有所期待。」

即使嘴上說沒事，一旦得不到發自心底渴望的東西，依舊會在心中留下傷痕的意思嗎？

因為是人類啊。

我腦中閃過第一次遇上綾瀨同學那晚的對話。

印象中，那時她是趁著只有我們兩個人時說的。

『我對你沒有任何期待，所以希望你也別對我有任何期待。』

我想起她臉上那種試探的表情。綾瀨同學對即將同住的我說出那些話。而我則在聽了之後感到安心。

因為我覺得她和我是同類。

那些話以初次見面來說極為失禮，很有可能激怒對方，但是她依舊試探性地說出來，當時她真正的意圖……

會不會，我根本沒看出來呢？

她真的沒有任何期待嗎？

然後，再拿這些話回頭看自己。

在我看來，就只是老爸結婚而已。我希望自己是這麼想的，但我真的沒有半分期待嗎？

「聽好，淺村同學。如果真的公正，內心根本不會冒出『對女性沒有期待』這樣的聲音喔。真要說起來，會強調這點就已經不公正了。剛好相反，這證明有意識到這點、有因此動搖。」

對於藤波同學這番話。

我完全無法回嘴。

「抱歉愈講愈沉重。不過，這是我看見你之後的感想。你是會自己忍耐去配合別人的那種類型對不對？是會被常識、倫理牽著走的那種人，沒錯吧？」

「真要說起來，我覺得身為一個人沒有常識也不可取就是了。」

「就是這點嘍。」

真拿你沒辦法呢——藤波同學嘆口氣，同時笑了出來。

她就這麼繼續說下去。

對他人毫無期待。這是當然的、這樣很普通——這種話不管對自己說多少次、不管欺騙自己的內心多少次，依舊會有所期待，沒達到時會憤怒，自己也會在無意間遭受打

擊。

「換句話說，就是『都要怪你讓我這麼期待』。」

「但是，自顧自地因為人家沒符合自己的期待就生氣，這樣未免太任性了。」

「人心啊，就是這麼任性。」

所以，誠實面對那種感情比較好喔。

畢竟謊言無法永遠持續下去。

藤波同學最後這麼說完，揮了揮手向我道別。

我站在熄滅的路燈下，默默地目送她離去。

——完全無法回嘴呢。

沉默就是答案。

澀谷的喧囂與熱鬧，即使過了午夜也沒有消失……

我佇立原地，無法動彈。

空中的月亮彷彿在笑我。

9月27日（星期日）　綾瀨沙季

「沙季～！這裡這裡！」

通過剪票口之後，我走向揮手的真綾。

班上同學聚集在她周圍。想到自己說不定是最後一個，我便加快了腳步。我邊走邊數起人數。

男生兩個。女生包含真綾在內三個。我是第六個。果然是最後。

「抱歉，等很久了嗎？」

「完全不會！而且集合時間還沒到嘛～」

真綾露出笑臉，我卻不知道該不該將這句話當真。

今天讀書會的地點在真綾家。

真綾住在附近的公寓，但是很少找別人去她家。

一來家裡通常有弟弟們在，二來真綾平常要負責照顧這些弟弟。如果找朋友們過

來，她就沒辦法顧弟弟們了。

不過，今天她的父母把弟弟們帶出去了。這段時間內，能夠自由使用寬敞的起居室，所以我們才會在那裡開讀書會。

離開車站後沒走多遠，就能抵達真綾家所在的公寓。

「喔，好大！」

「好大的公寓喔～」

「我們很努力喔！」

「又不是靠妳的努力。」

「唉呀！沙季，這種事就別提啦！」

真綾隨口幾句話，讓周圍的人都笑了出來。我就是少了這種細膩吧。

我想起昨天工藤副教授的話。

今天聚會的六人。加上我和真綾共有四個女生，兩個男生，提議圖書會的新庄同學也包含在內。我仔細觀察那兩個男生。

我想試著了解他們。

我們從門口入內，走向電梯。建築十分寬敞，電梯卻不知為何很窄，擠進六個高中生有點勉強，於是兩個男生選擇禮讓，改搭另一部。

電梯門隨著洩氣聲開啟，我們踏上走道。

真綾家的門，門牌下方掛著一塊用可愛字體寫上「ＷＥＬＣＯＭＥ」的木牌。大概是考慮到保護個資吧，上面不但沒有一家人的名字，連姓都沒有。

我們進了室內。

真綾領我們來到的起居室足足有五坪大，眾人不禁讚嘆。

「好寬敞……」

「這裡確實能讓大家開讀書會呢。」

「真好～」

「好啦好啦，自己挑喜歡的地方坐吧～」

在真綾的催促下，我們在六人大桌旁確保了自己的位置。

趕我們入座的真綾，則是走向廚房。有注意到的我，放下包包跟了過去。

「咦？沙季，廁所不在這邊喔。」

「笨蛋。好啦，交出來。」

我搶走真綾懷中那三瓶一公升的瓶裝茶，拿回起居室的大桌。

「啊，大家～快點接好！沙季謝啦～」

出聲招呼的女生，真綾叫她由美美。新庄同學急忙起身。

桌上已經準備好杯子和杯墊了。

「在意杯壁上水珠的人，可以用面紙喔～」

「好了啦，真綾，總之妳先坐下。這樣大家坐也坐不安穩吧？」

「沙季真善良～來，這邊是不會弄髒手的零食。」

「……今天是讀書會耶？」

「讀書會對吧？所以需要零食啊！」

「看來真綾妳知道的讀書會和我知道的讀書會意思不太一樣呢……」

大家笑了出來。然而，這可不是搞笑。我覺得真綾是認真的。這樣下去，可能會變成單純的茶會。不過嘛，以我的目的來說或許也無妨就是了——不對。

「然後呢，來討論一下讀書會要做什麼。」

真綾這麼說，於是我問道：

「有什麼想加強的科目嗎？」

「我什麼都行喔。」

「畢竟奈良坂同學成績在全學年名列前茅嘛。」

「好學生就是不一樣～！」

「哼哼，可以多誇獎幾句喔～好啦，玩笑先擺到一邊，各自從不擅長的科目下手怎麼樣？」

「不擅長的科目？為什麼？」

「由美美應該是國語吧？」

鼓起臉頰的由美美很可愛。

「理由很簡單呀～這麼多人在，每一科應該都找得到比較拿手的人吧？所以，有不懂的地方就請教人家。」

啊，原來如此。我明白她的意思了。

拿手與否的差別，往往不在於「知不知道正確答案」，而是「知不知道找出正確答案的方法」。

如果是拿手的領域，就算當下不知道答案，也會知道該查什麼、該往什麼方向思考。

反過來換成不擅長的科目，無論是翻辭典，從參考書找出類似問題，還是上網路搜

尋，全都做不到。

那麼，這種時候怎麼辦才好？

若是數個月前的我，恐怕答不出來。

但是，現在我能回答。

那就是向他人求助。

只要坐在他人肩上，就能看得更遠。

一邊和同班同學互相教導，一邊加強不擅長的科目……這對我來說也是第一次。

若是淺村同學……若是哥哥的話，倒是有教過我。

暴露自己的弱點，向人求教。

相對地，也要聆聽其他人的弱點，能教就試著教。

互相幫助。明明是我很熟悉的理論，我卻做不到。

現在我能夠明白。

求助，是一種技能。熟悉它，需要訓練。

我討厭拜託別人，也討厭別人來拜託我。

因為，我不知道人家要什麼、不知道怎麼做才能讓人高興。既然沒辦法看透他人的心，那麼只要對方不老實地說出想要什麼，就不可能知道。要求別人自己猜出來，未免想得太美。我一直是這麼想的。

既然有要求，說出來就好；有些事希望人家不要做，一樣說出來就好。如果能誠實地磨合感情、進而掌握對方的要求，大家都可以得到幸福。

這種想法，在我心中依然占據優勢，我也不覺得有錯。

可是——

我違背了自己的原則。

因為，我沒辦法將自己的感情，向最該磨合的人坦白。

我想起生父與媽媽的事。

媽媽明明是為了支持生意失敗的那人才去工作，在工作上獲得成功後，卻反而遭到怨恨，實在太沒道理——我是這麼想的。

我並沒有原諒讓媽媽傷心的生父。

但是，現在我或許稍微能理解他的心情。

他不願對媽媽示弱，沒辦法依靠媽媽。他和媽媽，絕對不是互助關係。

他沒有「依靠妻子」這項技能。

9月27日（星期日）　綾瀨沙季

我不也一樣嗎？

明明能坦承自己不擅長現代國語。

卻沒辦法暴露心中的感情。而是拿「被發現會讓人家困擾」當藉口。

然而，真的只是這樣嗎？

「……季、沙～季！」

「咦？」

我抬起頭，發現真綾的手在我面前揮來揮去。

「妳肚子不餓嗎？」

聽到她這一問，我突然覺得肚子很空。

我看向手機的時鐘，十一點五十七分。

「咦，已經中午了？」

「嗯。所以，要怎麼辦？叫外送？還是我們自己做？」

儘管真綾這麼說，但是現在才做六人份的午餐應該來不及吧，何況自己做飯很費力。不過叫外送又太花錢。

「我去便利商店買點東西回來。」

「嗯～那麼大家一起去？」

「一堆人擠進去會給人家添麻煩吧。有想要的就說一聲，我會買回來。」

「什麼都不做讓人過意不去耶～好，那我做點簡單的配菜吧！」

用手機記錄大家的點餐內容之後，我才發現量不少，特別是飲料。雖然我平常就會買菜買米，所以東西重一點也無所謂就是了。

「這個量，一個人拿會不會太勉強？我也幫忙吧。」

「啊……那就麻煩了。」

新庄同學說要幫忙提東西，於是我們一起外出採購。

剩下的人，則在真綾指揮下做些簡單的配菜，等我們回來。

便利商店就在公寓附近。

這間店開在大馬路旁，斜對面是很受學生歡迎的連鎖義大利餐廳。

這麼說來，途中有看見很大的補習班招牌，說不定就是淺村同學去的那一間。附近有名的補習班不多，就算猜中也不奇怪。

……不行。不能總是在想淺村同學。我明明已經決定要重新審視這段關係了。

9月27日（星期日）　綾瀨沙季

在掛著醒目紅綠招牌的便利商店裡，我和新庄同學挑著麵包、飯糰、三明治。所剩不多的瓶裝飲料也買了三瓶，包括茶類在內。

在我等待結帳的期間，新庄同學若無其事地將裝了保特瓶所以較重的那一袋拉到自己手邊，抱到懷裡。

「可以稍微分我一點喔。」

「啊，那就麻煩妳拿這個。」

說著，他便將體積大卻很輕的洋芋片塞進我拿的購物袋裡。

這太奸詐了。比全部拿走讓我沒工作還要奸詐。

「原來如此。」

「什麼？」

看著微笑的新庄同學，我想到班上女生說過他很受異性歡迎。這點我倒是能夠明白。這個人相當紳士。

「謝謝你幫忙拿。」

「綾瀨也有拿吧？」

「話是這麼說沒錯。」

不過嘛，可能我個性扭曲吧？與其把重物推給別人，我寧可接下別人的負擔，所以我不想要這種體貼。

自己的東西，我寧願自己拿。

不過一走出便利商店，我就因為絆到車擋而差點摔一跤，好丟臉。

多虧新庄同學撐住我的肩膀，我才得以倖免於難。

「謝、謝謝你。」

「哪裡，這點小事算不上什麼。」

哪可能算不上什麼。雙手提著沉重的袋子，還要撐住差點摔倒的女生。

「妳可以多依賴別人一點。」

儘管新庄同學這麼嘀咕，但是我更希望能提著重物又走得穩健。如果連這點小事都做不到，根本沒辦法獨立生活。

不過，可能是接連受到他幫助的關係，我開始懷疑自己是否根本沒辦法自立。

「我說綾瀨。」

陷入沉思的我，在聽到自己的姓後抬起頭。

「聽說妳和淺村是兄妹？」

這句話讓我吃了一驚。

「這件事……已經很多人知道啦？」

「這我就不清楚了。其實，我是聽淺村說的。」

「咦……？」

「之前三方面談時，我恰好看見淺村媽媽和妳一起走進教室。然後我問淺村，他就說了。」

「喔……原來是這樣。」

我稍微鬆了口氣。

雖然我本來就不覺得淺村同學是那種會到處宣傳兄妹關係的人。既然事情經過是這樣，那就沒辦法了。

可能是注意到我答得很含糊吧，新庄同學換了個話題。

「因為啊，綾瀨妳很可靠嘛。我原本以為妳不是妹妹而是姊姊。」

「並沒有。我談不上什麼可靠。」

我根本不是那種冷靜穩重、做事確實的人。

「看起來是耶。」

「太抬舉我了。話說回來，我倒覺得新庄同學比我可靠多了。你看起來比較像哥哥。」

「我有個妹妹嘛。」

「這樣啊……你們感情很好？」

「還不錯。就跟世間一般的兄妹差不多。」

「會幫她搬重物？」

「嗯，是啊。這點小事會做吧。」

「會牽她的手避免她跌倒？」

「小時候會。」

我話中有些調侃的意思，因為新庄同學的兄妹情很溫馨；如果有新庄同學這樣的哥哥，身為妹妹應該會引以為傲吧。

「你很寶貝你的妹妹呢，我覺得這樣很棒喔。」

「身為哥哥這樣很正常啦。」

聽到這句輕描淡寫的回答，讓我再次有了「我想也是」的念頭。

身為哥哥，這樣很正常。

9 月 27 日（星期日）　綾瀨沙季

淺村同學為我做的那些——幫忙找打工、一起找加強現代國語的方法——也都是出於哥哥對妹妹的關懷嗎……

我又一次陷入沉思。

再度抬起頭時，我們已經抵達真綾家所在的公寓。

讀書會在傍晚接近六點的時候結束。

由於已經是九月底，太陽五點半就下山了。儘管天空還剩些許光亮，不過很快就會變暗，這個時間正適合結束聚會。

真綾的弟弟們也捎來聯絡，說六點過後就會回家。

儘管離題很多次，不過念書進度應該推進不少。至少就我來說，這是一段有所進展、很有意義的時間。

走出公寓時，東方天空已轉為夜晚的顏色，只剩反方向還留著些許血色夕陽。

真綾說要送我們到車站，我們則是要她留下來迎接弟弟。

我們五個離開真綾家，一路走回車站。

上一回邊走邊和班上同學閒聊，已經是暑假去泳池那次的事了，會對這種狀況樂在其中出乎我的意料。

「綾瀨，等一下。」

有人叫我，於是我停下腳步。

「新庄同學？」

「可以給點時間嗎？」

儘管他的舉止感覺有點不對勁，我依舊停下來等待。

雖然會稍微落後，不過這點距離應該很快就能追上吧。

「會落後喔？」

「我有些話想對妳說。」

「什麼話？」

「嗯……該怎麼說呢，那個啊……」

新庄同學若無其事地來到我身旁，然後緩步前進。在避免跟丟其他人的同時，卻又跟其他人保持距離？

「有什麼事？」

「沒什麼，我只是在想，天氣還是好熱。」

「今年殘暑比較長呢。雖然已經聽不到蟬叫，白天卻還是像夏季一樣。」

即使如此，季節依舊緩緩更迭。

原先晨間新聞裡被中暑警報染得通紅的日本列島，今天早上已經幾乎都降到黃色以下。

路旁綻放的向日葵已經枯萎，遠方染成茜草紅的雲朵也不再是積雨雲，而是秋季的高積雲。

點起的路燈光亮，帶來的安心感更勝於燥熱；此刻我們所走的，就是一條這樣的黃昏路。新庄同學放慢幾乎要被自己長長影子追上的速度，最後停了下來。

沒辦法，我只好跟著停步。

不知不覺間，新庄同學已經轉身看著我。他一直盯著我看，不知為什麼，讓我覺得坐立難安。

「我喜歡妳。」

聽到這句話，我差點驚叫出聲，好不容易才把它吞回肚裡。

由於我沒說話而顯得不安的新庄同學，就像要確認似的，再次開口。

「我喜歡綾瀨。」

「咦？這樣啊。」

糟糕。

這麼一來，對話就沒辦法繼續下去了。

彼此都沉默不語。真尷尬。

「……呃，謝謝。雖然聽到你這麼說，並不會讓我覺得不愉快——」

我思考該怎麼回答。

這……也就是所謂的告白對吧。

怎麼辦？我完全沒想到，新庄同學會對我有這種感情。

要用什麼說詞拒絕呢……

想到這裡，我不禁對自己的思緒感到驚訝。

為什麼，我從一開始就在想「要怎麼拒絕」呢……

大家都說新庄同學是個很有吸引力的男生。

仔細觀察一天之後，也看得出來他應該不是什麼壞人。

我也知道，班上有好幾個女生對新庄同學非常有好感。從理性的角度想，他是個沒什麼問題的對象。

溫柔、體貼，如果能當他的妹妹應該會很開心。

我回想剛剛他叫住我時，那種坐立難安的感覺。

想必當時就有預感了。

只不過我視而不見。

「對不起。」

我對新庄同學道歉。

「我沒辦法把你看成那種對象……」

「但是，妳現在沒有交往的男友對吧？」

「咦，這……是這樣沒錯。」

「既然如此，希望妳可以和我交往。這麼一來，或許妳就能把我看成那樣的對象了，不是嗎？」

真的……是這樣嗎？

「還是說，妳已經有了喜歡的人，只是還沒告白？」

「沒有。」

「就算這樣還是不行嗎？」

「就算這樣還是不行。」

為什麼呢？我想像不出自己喜歡上他的未來。我明明知道他是個好人，明明覺得他會是個好哥哥。

「果然還是淺村——」

「咦？」

「不，沒什麼……知道了，那我就不逼妳了。我還想保住『好同學』的位置。」

「……新庄同學。」

「嗯。既然如此，就試著和淺村打好關係吧。」

聽到這句話，我嚇了一跳。

「為什麼？」

為什麼在這時候提到淺村同學？

「綾瀨妳喜歡的是哥哥，對吧？」

「這……」

我一時之間沒辦法否認。

不願否認。

「啊哈哈，沒否認呢。拒絕我的時候明明很快。」

「我將他當成哥哥。」

「嗯～唉呀，當成什麼人先不管。如果能夠了解讓綾瀨喜歡上的男生是個怎樣的人，或許我還有機會。」

新庄同學半開玩笑地這麼說，我卻不明白他這麼說的邏輯。

表現得像告白對象的哥哥，不是只會被當成哥哥看待嗎？

儘管覺得他的邏輯很怪，但是他看來不是壞人；而且我認為，淺村同學能多交幾個朋友也是好事一樁。

呼喚我和新庄同學的聲音傳來。

同學們停下腳步，等待我們趕上。

夜半球已經快要徹底趕跑暮色。

夜幕降臨，代表秋季又近了一天。

抵達車站時，周遭一片幽暗，已經入夜了。

呼叫公寓電梯之前，我注意到淺村同學傳了ＬＩＮＥ過來。內容是打工後又要去別的地方，所以會晚歸。

想到他可能又和讀賣前輩待在一起，胸口還是有點悶。在心中笑他是個不良少年的同時，我卻也鬆了口氣。

臉頰好燙。

今晚，還是別看見他的臉比較好。

『只不過，如果和其他有吸引力的男生交流之後，自己的感情還是沒變，到時候妳就要好好珍惜這份真正的感情。』

工藤副教授的話閃過腦海。她彷彿知曉一切真理，說話帶有不可思議的魔力，縱使要向違背道德的行為邁步，那些話似乎還是會在背後推上一把。

需要時間冷靜。只要避開淺村同學的眼睛一整天，我就能冷靜下來。

不過，要是到了明天，冷靜下來之後結論還是沒有改變，那麼我……

「那個……？」

「咦。啊，抱歉，請你先搭！」

直到公寓的其他住戶出聲，我才終於注意到電梯已經抵達，自己則是呆呆站在原地毫無反應。

對方一臉訝異地搭電梯上樓，我苦笑著揮手送別，然後嘆了口氣。

——我真的病得不輕啊。

9月28日（星期一） 淺村悠太

空調的聲響比昨天之前都來得小。

氣溫照理說是每天逐漸下降，但注意到季節更迭，向來是「以某天為分界線」。

今天週一，老爸一如往常地早早出門。他似乎還是一樣工作堆積如山，連早餐都沒吃就上班去了。亞季子小姐也還沒下班回家，換句話說，這個時間在家的只有我和綾瀨同學。

準備盛飯的我，打開飯鍋後不禁讚嘆出聲。

「哇，好香。」

甜香裊裊升起，白米海洋裡浮著幾座黃色小島。這些黃色塊狀物，該不會是……

「啊，今天是栗子飯。」

正在熱味噌湯的綾瀨同學轉頭說道。

「栗子……這樣啊，已經到這個季節了嗎？」

這也是個小小的變化。

不過，這些變化一點一滴累積，會在某一刻讓人突然發現。

啊，季節已經變了呢。

「今天正好想和你一起吃飯，行嗎？」

「當然。」

最近，總覺得綾瀨同學在躲我，所以聽到這句話令我很驚訝。不過，我也有同樣的心情，算是正中下懷。

我也有話想對她說。

我們久違地一起準備完早餐，然後說了聲開動。

「這麼說來，除了栗子之外，我還買了銀杏和香菇。」

「銀杏和香菇……該不會是茶碗蒸？」

「猜對了。早上很忙沒時間蒸，我打算晚飯時弄。」

「真期待。」

就從這些瑣事開始，我們彷彿要彌補這一個月缺少的對話般，聊著近況。

「這麼說來，你昨天說要和別人一起吃午飯對吧？」

9月28日（星期一）　淺村悠太

「嗯。我在補習班附近的義大利餐廳吃的。確實和大家說的一樣，很便宜。」

我略帶猶豫地問：

「這麼說來，我在那邊好像有看見妳。妳有沒有到對面的便利商店買東西？」

「咦？」

綾瀨同學睜大眼睛。

「啊，記得馬路對面好像有間義式家庭餐廳。咦，原來你在那裡啊？」

「果然是妳，我就覺得很像。妳旁邊有個像是班上同學的人對吧？」

「應該是外出採購的時候。那人是到真綾家聚會的班上同學之一，新庄同學。記得嗎，暑假去泳池的時候也在。」

聽到名字，我就想起來了。

三方面談結束時叫住我的男生。懷裡抱著網球拍。

胸口有點悶。我明明沒有這種權利，卻不禁有了這種感覺。

「我們去買午飯，而且飲料、零食也不夠了。於是大家分工合作，有的人留在真綾家做些配菜，有的人外出採購。」

「喔，所以才……」

「對。一開始我打算一個人去，不過新庄同學跟來幫了大忙。」

原來如此。我明白她為什麼會在那裡了。

「我可以也問個問題嗎？」

「當然。」

「昨天，你回來得很晚對吧？雖然有事先聯絡，不過具體來說是去了那裡？」

以綾瀨同學來說，會追究這種事還真難得。

「打工結束之後，我在澀谷街頭稍微轉了一下。」

「只有到處走走？咦？和讀賣小姐一起？」

「不，不是。我應該說過和別人約了吃午飯，是一起吃飯那個人約的。」

「慢著。」

我不禁閉上嘴。

「該不會，那個人是女的？」

「咦……」

重點在這裡？

「嗯，是啊。」

「嗯……………這樣啊。所以呢？」

總覺得她好像有點不高興。不過，或許只是我往自己希望的方向解讀。

思緒轉到這裡，我又想起了那句話。

『我對你沒有任何期待，所以希望你也別對我有任何期待。』

當時，綾瀨同學言那種試探的表情，其中有何含意？

她真的沒有任何期待嗎？

這句話也能反過來自問。

我——對綾瀨同學有所期待。期待她只對我抱持特別的感情。

「然後，成了我思考許多事的契機。」

這回換成藤波同學的話掠過腦海。

『所以，誠實面對那種感情比較好喔。畢竟謊言無法永遠持續下去。』

深藏的感情，只會在心底不斷茁壯，不會消失。

所以——

「我想磨合。」

我明確地對綾瀨同學這麼說。

「磨合……是指什麼？」

「我對綾瀨同學……對妳，該怎麼說呢，嗯，似乎有了特別的感情。」

講出這句話的瞬間，要說我心中沒有一絲後悔絕對是假的。但是出口的話已經無法收回。

就算有所覺悟，後悔也不會就此消失。

話雖如此，聽到這句話的瞬間，綾瀨同學的表情卻有了戲劇性的變化。

「咦……咦？呃，這……騙人。」

「不是騙人。」

「……開玩笑？」

「我不會開這種惡質的玩笑。」

「也對。我想……也是。淺村同學不是會說這種話的人嘛。」

啊。

「妳剛剛說，淺村？」

「咦？啊。」

「啊，不，現在重點不是那個。」

「我想也是。所以說，那個……你所謂的感情是……」

「我想，我喜歡妳。」

綾瀨同學露出吃驚的表情。她緊抿嘴唇，試著擠出笑容。

「是指男性對女性的感情嗎？還是哥哥對妹妹的？」

我完全沒想過告白會遭到反問。

「咦？」

「想要肢體接觸、想要擁抱、看見我和其他異性在一起會嫉妒——是這一類的感情嗎？」

我點點頭。

因為就是這樣的感情。

因為，我已經在夏天感受到了。啊，我喜歡她。我沒想過，自己會對妹妹產生那樣的感情。

而且，昨天看見綾瀨同學和其他男生待在一起，讓我產生了排斥的情緒。那只會是嫉妒吧。

所以，我認為自己不是將妳當成妹妹，而是將當成女性看待。

——我老實地這麼說。

「可是，兄妹之間不該有這種感情對吧？」

這回真的出乎我的意料。

然而，同時我也想到，三方面談時綾瀨同學的媽媽，亞季子小姐。對我那番話十分感動的亞季子小姐，當時開心地抱住我。該不會，在綾瀨家那是很普通的反應？

「不不不。慢著，綾瀨同學。」

「我也是最近聽人家說的……突然和異性同居時，一直以來都渴望得到異性認同的人，因為和異性接觸的機會增加，容易產生近似於戀愛的感情。」

我針對綾瀨同學這番話想了一下。

換句話說，我是因為缺乏母愛，所以和女性同居之後，才會下意識地產生近似戀愛的感情？

「呃，那是『也有這種可能』吧？」

「因為無法完全否定。」

「話是這麼說沒錯。」

「單純是『對於妹妹的關愛稍微強了一點』的可能性呢？」

呃，怎麼可能有這種事——應該不是吧？

不過……

聽到綾瀨同學這麼主張，方才感受到的篤定，突然像蜃景般有些朦朧。

「如果是這樣……我自己也無法肯定。」

我只能肯定，自己對於這種感情十分陌生。雖然肯定「自己無法肯定」實在很丟臉。

綾瀨同學面無表情，還別開了視線。

接下來沒有什麼像樣的對話，我們就在尷尬的氣氛中吃著早飯。

在這一個月以來，我一直試著忽視自己的感情。因為……我是綾瀨同學的哥哥。儘管我也和其他異性交談過、看見她們的優點。於是我下了結論，自己對於綾瀨同學的感情是特別的。

儘管如此……

她卻說，這種感情或許只是兄妹之情？

吃完早飯，綾瀨同學收拾善後完畢，一如往常地準備上學。

我連忙追上去。

如果就這樣讓她離開，這一個月的事又要再度上演。

我追上了在玄關穿鞋的綾瀨同學。

已經穿好鞋的她，站在原地沒有動作。

「綾瀨同學。」

「那個啊……」

她背對著我說道。

「我並不排斥。」

咦？

這是什麼意思？我開口準備詢問。

但是就在我問出口之前，綾瀨同學已經轉過身來，粗魯地脫掉剛穿好的鞋子，以那對纖細手臂難以想像的力量，拉起我的手。

這種以她來說非常罕見的強硬舉止，讓我只能呆呆地讓她拉著走，最後被帶進她房間。

她關門上鎖，瞄了一眼確認窗簾也拉上之後，重新轉向我——

「咦？」

時間，停擺了。

好溫暖。

我很快就明白她做了什麼。只是腦袋處理需要些時間。

還有，該怎麼說呢？這個。我沒辦法形容得很貼切，融化的腦袋裡，勉強浮現的就是……對，單純到會讓人笑出來的一句話。

我感受到了，幸福。

肢體與肢體接觸、疊合，彷彿身軀的溫暖融為一體。

她的手臂，緊緊摟著我。這種行為，明明是我和她都討厭的束縛象徵，此刻我卻只因為她的索求而感到開心，我的手臂也自然而然地想抱住她。

不過，這時候綾瀨同學已經放開我了。

「安心了嗎？」

「咦？」

「謝謝你，給我勇氣。剛剛你對我說的那些話，如果是你一個人想的，這段時間你一定很難受……一定覺得很沉重。」

「這……或許是。」

「不過，放心吧。這些負擔，我應該也能分攤。」

其實，我感受到的安心更勝於欣喜。

這個告白，有可能毀掉所有關係。我原本就沒有什麼強烈的吸引力，實際上，那個叫新庄的男生就比我受異性歡迎。更別說還有家人關係這道枷鎖。

在告白的瞬間失去一切，也不是不可能。

正因為如此，綾瀨同學的擁抱

對我來說就像贖罪券。

「你說的這種感情，不管是哥哥對妹妹的，或是別的，我都不排斥。無論是哪一種，我都很開心。」

「該不會，妳也……」

「這份感情，是兄妹之情？或是另外一種？我不知道。」

「綾瀨同學……」

「但是為了讓你安心，我想要像這樣抱住你——這份心意是真的。同時我也在想，如果我難受的時候你能抱住我，我會很開心。沒有什麼特別的標籤，單純將心意訴諸言語之後，就是這樣。」

「……嗯。」

我想，我大概也是一樣。

「磨合。我不想讓媽媽他們為難。你也一樣嗎？」

「嗯。我希望老爸和亞季子小姐能夠安心過幸福的日子。」

「另外，如果你和其他女生要好我會嫉妒，而且應該會悶悶不樂。這點呢？」

「我也一樣。即使不願意束縛妳，之前的讀書會還是讓我很不高興。」

「我知道。相反地，剛剛聽到你和女生在澀谷散步，我非常不高興。」

「抱歉。」

「不用道歉。畢竟，我們必定會有這個家以外的人際關係……然後，這種嫉妒，我想不會只出現在戀人之間，也可能出現在兄妹之間。」

「或許……是吧。」

我漸漸能猜到她想說什麼了。

「要是我們突然說想要交往，一定會讓媽媽他們嚇一跳。所以，平常我就叫你『淺村同學』，在媽媽他們面前則是『哥哥』——以兄妹……不。」

綾瀨同學搖頭。

「以距離特別親近的無血緣兄妹關係，加深彼此的感情……怎麼樣？」

「老爸他們那邊，要瞞著？」

「……不該這樣，對吧？」

產生戀愛感情、互相擁抱。從認為實在不能讓雙親看見的那一刻起，就代表我並不認為這麼做是對的。

但是，如果要堅持正途，我就無法忠於自己的心。

要解決這種兩難困境，只能在認知到這麼做不對的同時，貫徹自己的任性。

「無論怎樣的形式都無妨。只要妳能像這樣接受我，我就已經夠幸福了。」

「……我也是。」

以「兄妹的延伸」當藉口所能涵蓋的範圍之內，與義妹的祕密生活。

老實說，這樣究竟能夠持續多久，我毫無信心。

現在雖然擁抱就能滿足，但是一旦感情升溫，究竟會走到哪一步，我自己也不明白。

一走出公寓，新季節的冷風便撲向我們的臉。

但是，多虧了體內滿盈的暖意，就算不換冬服，依舊不會感到寒冷。

後記

感謝您購買小說版《義妹生活》第四集。我是YouTube版原作者&小說版作者三河ごーすと。第三集整體來說是偏鬱悶的發展，所以這本第四集呈上比較多相對甜蜜的場景。對於想要看見兩人幸福生活的讀者來說，是不是比較愉快的一本呢？之後，要稱為兄妹或戀人實在難以定論的兩人，關係將會如何變化？兩人的人生又會往怎樣的方向前進？如果各位願意繼續守望下去，便是我的榮幸。

另外，還有一事告知。本作在《這本輕小說真厲害！2022》贏得新作第三名的榮譽。各位投票支持的讀者，真的很感謝你們。我會努力創作不讓這個光榮獎項丟臉的高水準作品，今後還請各位為我加油。

以下是謝辭。插畫Hiten老師、飾演綾瀨沙季的中島由貴小姐、飾演淺村悠太的天﨑滉平先生、飾演奈良坂真綾的鈴木愛唯小姐、飾演丸有和的濱野大輝先生、飾演讀賣栞的鈴木みのり小姐、包含影片導演落合祐輔先生在內的每一位YouTube版工作人員，其他參與本著作的所有關係人士，以及各位讀者，真的很感謝你們。

字數有限，但是請容我在此獻上極致的謝意——以上，我是三河。

描繪真實「兄妹關係」的

不能為人所知，僅存在兩人之間的祕密生活，就此開始。
既像兄妹又像戀人。
悠太與沙季發展出一段無法命名的關係。

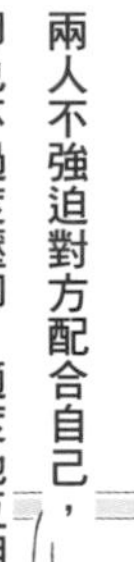

兩人不強迫對方配合自己，
卻也不過度壓抑，適度地互相依賴，
試著成為彼此的理想伴侶。

經歷種種事件，度過同樣的時光，
一直以來對異性毫無期待的兩人，
漸漸出現「變化」的徵兆。

第一次的約會、不習慣的
穿著打扮、朋友的生日宴會、
義工，以及萬聖節。

於是，周圍的人們，
也慢慢開始察覺他們的「變化」——

戀愛生活小說 第5集。

《義妹生活》第五集 預定發售！

國家圖書館出版品預行編目資料

義妹生活 / 三河ごーすと作；Seeker 譯. -- 初版. --
臺北市：臺灣角川股份有限公司, 2022.11-
　冊；　公分. -- (Kadokawa fantastic novels)
譯自：義妹生活
ISBN 978-626-321-970-0(第 4 冊：平裝)

861.57　　111014973

Kadokawa
Fantastic
Novels

義妹生活 4

（原著名：義妹生活 4）

2022年11月9日 初版第1刷發行
2024年7月16日 初版第5刷發行

作　者：三河ごーすと
插　畫：Hiten
譯　者：Seeker

發 行 人：台灣角川股份有限公司
總　監：呂慧君
總 編 輯：蔡佩芬
主　編：林秀儒
編　輯：邱瓈萱
設計指導：陳晞叡
美術設計：李思穎
印　務：李明修（主任）、張加恩（主任）、張凱棋、潘尚琪

發 行 所：台灣角川股份有限公司
地　址：104台北市中山區松江路223號3樓
電　話：（02）2515-3000
傳　真：（02）2515-0033
網　址：www.kadokawa.com.tw
劃撥帳戶：台灣角川股份有限公司
劃撥帳號：19487412
法律顧問：有澤法律事務所
製　版：巨茂科技印刷有限公司
ＩＳＢＮ：978-626-321-970-0